AF209042

Vaterlos oder

K naus O ginos Rache

Werner J. Kraftsik

1. Auflage

VATERLOS

oder Knaus Oginos Rache

Impressum

Bibliografische Information der Deutschen Nationalbibliothek:
Die Deutsche Nationalbibliothek verzeichnet diese Publikation in der
Deutschen Nationalbibliografie; detaillierte bibliografische Daten sind
im Internet über http://dnb.dnb.de abrufbar.

Bibliografische Information der Deutschen Nationalbibliothek. Die
Deutsche Nationalbibliothek verzeichnet diese Publikation in der
Deutschen Nationalbibliothek, detaillierte grafische Darstellung sind
im Internet über http://dnb.de abrufbar

Herstellung und Verlag: BoD – Books on Demand, Norderstedt

1.Auflage Juni 2022
ISBN: 978 3 7568 5801 9

Prolog

Wie viel schädlicher sind die Folgen von Wut und Trauer als die Umstände, die sie in uns hervorriefen!

Marc Aurel, Selbstgespräch, 11.18.8

»Wenn du dich in einem Loch befindest, höre auf zu buddeln«, lautet ein Sprichwort.

Das ist eine häufig missachtete Selbstverständlichkeit. Wenn etwas schiefläuft, wenn etwas passiert oder etwas für uns Unerwartetes eintritt, machen wir es dadurch noch schlimmer, indem wir blind um uns schlagen und mit Wut oder mit Trauer reagieren, ohne dass wir stattdessen planvoll handeln.

Es wäre vermutlich klüger weder mit Wut noch mit Trauer oder negativen Gefühlen zu reagieren, sondern die Dinge so zu nehmen wie sie sind und einen Ausweg aus der Situation zu suchen und nach einem lösungsorientierten Plan vorzugehen.

Werner J. Kraftsik, Oktober 2022
frei nach Ryan Holiday „DER TÄGLICHE STOIKER"

Eigentlich wollte ich nur einen Kaffee trinken, als ich in das nostalgisch wirkende Cafe´, das ich immer wieder gerne aufsuchte, hinein huschte. Es ist eines der ältesten Kaffeehäuser der Stadt mitten in der Innenstadt. Die Wände des Gastraumes sind mit Stoff bespannt und über der Raummitte befindet sich eine Kuppel, die den Gästen und Besuchern das Flair einer Zirkusmanege verleiht. Das Mobiliar dieses Cafés besteht aus Cocktailsesseln und Sofas und die gesamte Einrichtung sieht so aus, wie man es aus den fünfziger Jahren kennt. Ich suchte nach einem Platz, an dem ich in Ruhe meinen bisherigen arbeitsreichen Vormittag Revue passieren und mich innerlich auf die lästige, aber notwendige, Büroarbeit einstellen konnte.

Die junge Frau, deren dunkle, fast schwarzen, Haare zu einem dicken Zopf geflochten waren, der sich von ihrem Kopf abwärts um ihren Hals wie eine dicke dunkle Python schlängelte, die ihren Verdauungsschlaf hält, saß alleine am Tisch. Ihre ausgeprägten weiblichen Attribute, die vermutlich die Aufmerksamkeit vieler Männer auf sich gezogen haben dürften, fesselten meine Blicke über das übliche „Hinschauen" und ich hielt sie für eine der zahlreichen Studentinnen, die man überall in Köln trifft und nahm sie deshalb zunächst nur als attraktive junge Frau wahr – bis ich sie erkannte.

Der mahagoniefarbene Caféhaustisch war durch einen Notizblock, ihre Kaffeetasse und einen kleinen Teller so drapiert, dass niemand auf die Idee gekommen wäre, nach dem verbliebenen freien Stuhl neben ihr als Sitzplatz anzufragen.

Ihre Sitz- und Körperhaltung drückte, selbst, als sie anscheinend gedankenverloren die unmittelbar neben ihrem Sitzplatz in einer bogenförmigen Wandnische als Dekoration platzierte Barockuhr intensiv zu betrachten schien und ihren Kugelschreiber zwischen Zeige-Mittelfinger und Daumen ihrer rechten Hand spielerisch hin und her wippen ließ, Ablehnung gegenüber jeglichen Kontaktversuchen aus.

Der Schwung meines Eintritts in das Café stoppte abrupt und reduzierte sich auf ein kleines, zögerliches Fuß vor Fuß setzen in ihre Richtung, sodass sie die ohnehin durch den im gesamten Café verlegten orangeroten und mit sternartigen Verzierungen versehenen Teppich gedämpften Schrittgeräusche bei meiner Annäherung genauso wenig bemerkte wie meinen starren Blick, mit dem ich sie fixierte.

Die Überraschung sie hier anzutreffen, erhöhte meine Verlegenheit, weshalb mein »Guten Tag Katharina« wie in einer fremd anmutenden Sprache bei ihr angekommen sein musste.

Eine Vorstellung war überflüssig, ihr Blick und die Veränderungen ihrer Körperhaltung bestätigten, dass ihr schlagartig klar war, wer da an ihrem Tisch vor ihr steht: Joachim, ihr Vater!

Sie brauchte kaum einen Wimpernschlag, um mich zu taxieren. Ihre Pupillen verengten sich, und jede Entspannung entwich ihrem Gesicht und verwandelte sich zu einer Maske aus Zorn, Wut, Empörung und

Überraschung. Dass sie zornig und wütend sein konnte, damit hatte ich gerechnet. In dieser Verfassung war sie eine Kopie ihrer Mutter Nicole, so wie ich Nicole kennen und ursprünglich lieben gelernt hatte.

Einen Moment lang fühle ich mich um mehr als 20 Jahre jünger. Katharinas Erscheinung, ein Déjà-vu, darauf hoffend, dass ich auf Katharina jünger wirke, als ich tatsächlich bin.

Katharina blickt offensichtlich leicht irritiert, weil ich etwas unschlüssig vor ihrem Tisch stehe und sie erwartungsvoll anblicke. Mein Alter ist ihr bekannt, doch sie scheint trotz-dem überrascht. Vielleicht weil ich, wie man mir oft erklärt hat, jünger aussehe, als man sich vielleicht sonst Männer meines Alters vorstellt. Ich bin auch nicht im sonst üblichen Rentneroutfit gekleidet, sondern wirke wie jemand, der gerade aus einem Büro in das Café für eine kurze Kaffeepause hineinschneit.

»Was willst du?«, herrscht sie mich an. »Hältst du das für eine gute Idee, mich einfach hier anzuquatschen? Das hättest du früher machen können, aber du hast es ja vorgezogen wegen deiner Sekretärin, oder was diese Schlampe sonst so ist, die Mutter deiner Kinder, uns zu verlassen und dir ein schönes Leben zu machen! Lass mich einfach in Ruhe! Hau ab und sprich mich nicht an, wir haben uns nichts zu sagen!«
Ihre Pupillen sind nahezu schwarz und unterstreichen die Wut, mit der sie ihre Sätze herausschleudert.

Ruhig bleiben, Joachim, ruhig, ganz ruhig:
»Katharina, es ist reiner Zufall, dass ich dich hier treffe, und ich habe auch nicht die Absicht, etwas zu sagen oder zu tun, was du nicht willst, aber wir haben nie niemals miteinander gesprochen.«

»Und warum soll ich ausgerechnet jetzt und hier mit dir reden wollen« – blafft sie mir entgegen.

»Du kennst nur eine Seite, deine Seite. Willst du nicht nach mehr als 20 Jahren vielleicht auch die andere Seite mich zumindest hören, mir einfach nur zuhören? Wenn du mich danach immer noch für ein Arschloch hältst OK, – dann ist das so, und du wirst nie wieder von mir angesprochen oder sonst etwas hören.«

An ihrem Hals entstehen rote Flecken – Wutflecken.

»Wozu soll das gut sein? Ich weiß alles über dich und weiß, wie beschissen du dich benommen hast, uns Kindern und unserer Mutter gegenüber, und was für ein armseliges Leben wir führen mussten, ohne dass du uns jemals geholfen hättest. Du hast dich nicht blicken lassen, du hast nichts bezahlt, du hast uns nie unterstützt und selbst ein fröhliches Leben geführt, mit tollen Urlauben und allem, was dazu gehört. Du hast es dir gut gehen lassen und uns einfach ignoriert und vergessen und dich geweigert, für uns aufzukommen. Geh einfach weg, es tut nur weh und ich mag überhaupt nicht mehr daran denken, wie mies du uns alle behandelt hast.«

Mit einer heftigen, ruckartigen Kopfbewegung wendet sie ihren Kopf zur Seite, sodass der Zopf peitschenartig zur Seite schnellt, sich auf die mir zugewandte Gesichtshälfte legt und eines ihrer Augen verdeckt, während sie wütend und heftig atmend auf einen imaginären Punkt vor sich hin starrt.

Jetzt bloß keine Szene; nicht dass sie aufsteht und geht. Diese Zufallschance, nach mehr als 20 Jahren endlich mit der erwachsenen Tochter alleine reden zu können und vielleicht ein Ende des jahrelangen Schweigens zu erreichen, – das darf nicht schiefgehen – ruhig, Joachim, ganz ruhig – rede mit ihr. Schwierige Verhandlungen, bei denen es oft um zum Teil viel Geld ging und unter Umständen sogar Existenzen gefährdeten, habe ich berufsbedingt schon oft geführt, aber diese Chance, endlich für Klarheit zwischen Katharina, meiner Tochter und vielleicht auch mit meinem Sohn, ihrem Bruder Yannick und mir zu sorgen, muss ich nutzen.
Die Ablehnung und der Hass müssen endlich aufhören.
Nein, Nicole darf jetzt keine Rolle spielen, – versuche es rede!
»Katharina Lea« - die Anrede mit ihrem kompletten Namen verwirrt sie – »bitte, du hast dir eine Meinung über mich gebildet. Diese Meinung habe, musste ich immer respektieren, auch wenn ich sie nicht geteilt habe. Nein, das ist kein Vorwurf, nur eine Feststellung, und in all den Jahren habe ich mir immer wieder die Frage gestellt, warum es nicht dazu kam, dir und deinem Bruder die Situation aus meiner Sicht zu schildern?«

Genau so heftig, wie sie weggeschaut hatte, dreht sie den Kopf, sodass der Zopf in einer weiteren Runde schwingend um sie herum kreist.

»Was gibt es da zu erklären? Du hast uns im Stich gelassen, weil wir dir lästig und unbequem waren! Du hast dich nicht darum gekümmert wie es uns geht, ob wir überhaupt zu-rechtkamen, ob wir überhaupt überleben konnten. Meine Mutter hat alles dafür getan, dass es uns gut geht. Sie hat gearbeitet, um ein Minimum an Lebensqualität zu erreichen und wenn uns die Familie, vor allem mein Urgroßvater, nicht unterstützt hätten, wer weiß wo wir gelandet wären?«
»Katharina, das ist mir bekannt und ich habe versucht, das, was in meinen Möglichkeiten stand, zu tun.«

»Was glaubst du habe ich empfunden, als du plötzlich von einem Tag auf den anderen nicht mehr da warst? Ich hatte ja keine Ahnung und wusste überhaupt nicht, was passiert ist. Mein Tagesablauf war plötzlich ein anderer. Es fing schon damit an, dass das gemeinsame Frühstück nicht mehr stattfand. War der Tagesanfang vorher oft lustig und mit Spielereien erfüllt, weil du mit mir schon am Frühstückstisch Spaß gemacht hast, fehlten mir diese Augenblicke und ich saß alleine mit meiner Mutter am Tisch, deren Hauptaugenmerk darauf lag, dass ich so schnell wie möglich frühstückte, um nicht zu spät in den Kindergarten zu kommen.«

»Katharina, bist du sicher, dass es so gewesen ist? Sind das wirklich deine Erinnerungen? Oder hat man dir erzählt, dass es „früher so war"? Du kannst mir glauben,

ich habe alles in meinen Kräften und Möglichkeiten
Stehende getan, damit es dir und deinem Bruder
einigermaßen gut geht.«

»So??! Und warum mussten Rechtsanwalt und
Jugendamt eingeschaltet werden, damit du überhaupt
reagierst?«

»Diese Frage Katharina kann ich dir nicht mit einem Satz
erklären, weil es viel komplizierter ist, als du es dir
vorstellen kannst. Ich hätte es dir auch schon längst
erklärt, wenn ich die Chance gehabt hätte, dass du oder
dein Bruder, dass ihr mir zuhört. Willst DU mir wenigsten
heute zuhören? Nimmst DU meine Erklärungen zur
Kenntnis? Mit Erklären meine ich nicht entschuldigen.
Nur wenn du und Yannick, wenn ihr die ganze Geschichte,
also auch meinen Teil kennt, werdet ihr verstehen und
dann könnt ihr mich beurteilen, wenn ihr wollt, auch
verurteilen. Wenn das dann so sein sollte, werde ich mich
eurem Urteil beugen. Gibst du mir die Zeit? Hast du die
Geduld? Wir wären jetzt und hier ungestört.«

Ich hole tief Luft, will Zeit gewinnen, innerlich ruhig zu
wer-den.
»Es geht mir nicht um irgendwelche Entschuldigungen, –
ich will versuchen zu erklären, vielleicht kannst du mich
danach besser verstehen. Wir haben schon so viel Zeit
versäumt und was ist unser zufälliges Treffen hier gegen
die Jahre, die wir uns nicht gesehen oder gehört haben?
Bitte, lass uns reden! Jetzt! Vielleicht ist es für uns die
letzte Möglichkeit?«

Wie zwei Dolche blitzen ihre Augen bei der Frage:

»Was willst du mir denn sagen? Mach es kurz, ich habe keine Lust, mich hier von dir voll labern zu lassen, um doch immer nur das zu hören, was ich schon lange kenne!«

Ich trete näher, drehe den Stuhl, an dessen Lehne ich bisher nur meine Hand gelegt habe, sodass ich mich setzen könnte – näher zu mir.
Nach meinem »Darf ich?« rutsche ich langsam auf den Stuhl und schaue in ihr wütendes und abweisendes Gesicht.
»Weißt du, wie ich deine Mutter kennengelernt habe und wie wir zusammengekommen sind?«

»Ja! Hat sie mir erzählt. Du hast sie, obwohl du verheiratet warst, während einer Karnevalsfeier angemacht, nach Hause gebracht und danach wart ihr zusammen und du bist bei ihr in der Mühlenstraße eingezogen.«

Der Film in meinem Kopf lässt mich diesen Abend, wie schon so oft, immer wieder erleben:
Den ganzen Abend hat die kleine, etwas dralle, sehr weibliche Dunkelhaarige mich nicht aus den Augen gelassen, immer wieder mit mir getanzt und keinen Zweifel daran gelassen, dass sie an mehr als dem Tanzen mit mir interessiert ist.

Ich kenne Sie - Nicole. Sie ist die Tochter einer entfernten Bekannten, die sich zu einer jungen Frau entwickelte, die sich ihrer Wirkung auf die Männerwelt bewusst ist und ihre Weiblichkeit gezielt einsetzt.

»Bringst du mich noch nach Hause?«, fragt sie mit unschuldigem Augenaufschlag, als die letzten Tänze von der Band angekündigt werden und schaut mich erwartungsvoll an.»Klar, ich kann dich doch nicht nachts alleine durch die Stadt laufen lassen«, kommt es rau aus meiner Kehle. Dass diese 20-Jährige so direkt fragt, macht mich nervös, aufgeregt, aber gleichzeitig auch stolz. Für mein Alter bin ich durch regelmäßigen Sport gut in Form, diese junge Frau empfinde ich als eine Herausforderung.   »Du bist so süß, Danke«, haucht Nicole mich an und drückt mir einen intensiven Kuss auf den Mund, während sie sich mit ihrem ganzen Körper an mich drückt und mit ihrer Zunge in meinen Mund drängt. Die Wirkung bleibt nicht aus, ich fühle mich wie unter Strom stehend, was meinem Zustand ziemlich genau entspricht. Um weiteres Aufsehen zu vermeiden, schicke ich Nicole voraus: »Geh' schon mal zu meinem Auto, ich muss noch zahlen und will mich noch verabschieden« und lasse sie stehen. »Woher weiß sie, wo mein Auto steht?«, frage ich mich »egal, wir finden uns schon«, beeile mich mit dem Bezahlen, winke einigen Bekannten verabschiedend zu und haste zu meinem Auto. Nicole strahlt mich schon von Weitem an die Arme weit geöffnet, will mich umarmen. »Lass mal, steig ein, es ist kalt, oder willst du dir hier den Tod holen?«, weise ich sie ab und mit einem zirpenden Ton fordert die Autotür zum Einsteigen auf. Ihr Versuch, ebenfalls auf der Fahrerseite einzusteigen, scheint schief zu gehen, gelingt schließlich

trotz des Rockes, der erst an der Gangschaltung hängen
bleibt, bis sie ihn hochzieht und mit angezogenen
Schenkeln auf den Beifahrersitz rutscht, um sich sofort
Richtung Fahrersitz zu drehen.»Hey, sportlich«, spöttele
ich noch, so hat sich noch niemand in mein Auto
gesetzt«, was sie mit einem lasziven Grinsen quittiert.

»Dann wird sie dir auch erzählt haben, dass wir uns schon
lange vorher kannten, weil sie mit den Schneiders
befreundet war und sie sich bei Uschi Schneider oft
ausgeheult hat.«

»Davon weiß ich nichts, und was hat das jetzt mit
uns zu tun?«, kommt es schnodderig und etwas zu schnell
aus Katharina heraus.

»Weil ich eure Mutter, Nicole, dort kennengelernt habe
und sie erzählte, dass sie mit ihrem Vater, deinem Opa
Franz, ziemliche Probleme hat. Welche Probleme das
genau waren, habe ich erst viel später erfahren, als ich
mit ihr zusammen war«.
Die ältere Frau, die als Bedienung des Café mich von
meinen vorherigen Besuchen noch zu kennen scheint,
schlurft heran, genau im falschen Augenblick.
»Heute nur einen Kaffee«, bestelle ich hastig, »sonst
nichts«. Sie geht, weil ich sonst meist einige freundliche
Worte mit ihr wechsele, offenbar irritiert von meiner
hektisch ausgeführten Bestellung, kopfschüttelnd weg.

»Deine Oma Helga, kannte ich schon länger von früher,
weil ich in Bornheim als 20-jähriger mit einer Frau

verheiratet war, die in Helgas Alter ist und mit Helga gemeinsam in der Grundschule war.«

»Hast du deine erste Frau auch schon betrogen?«, schnauzt sie, als direkte Reaktion mir entgegen.

»Nein Katharina, das habe ich nicht. Weil ich Schwierigkeiten mit meinen Eltern hatte, habe ich mich als gerade mal zwanzigjähriger in diese Ehe geflüchtet, und das dann sehr schnell als Fehler erkannt, den ich rasch korrigiert habe. Diese Ehe wurde nach noch nicht einmal einem Jahr geschieden – Kinder gab es keine. Dieser Teil meines Lebens hat mit Nicole und mir nichts zu tun, – auch wenn du vielleicht davon „gehört hast" und deshalb denkst, dass es zu meinem Charakter gehört, Menschen unglücklich zu machen. Deine Mutter verbrachte damals relativ viel Zeit bei den Schneiders, mit denen ich geschäftlich zu tun hatte, aber auch befreundet war. Deswegen war ich häufiger dort zu Besuch, sei es bloß für einen Kaffee oder wegen einer geschäftlichen Sache und so haben deine Mutter Nicole und ich uns das erste Mal gesehen, ein richtiges Kennenlernen war das nicht.«

Später erfuhr ich von Uschi Schneider, dass Nicole ein Faible für „ältere Männer" und sie anscheinend etwas für mich geschwärmt hat.

»Deine Mutter war Anfang zwanzig eine attraktive, sehr weibliche Erscheinung, offenbar vielseitig interessiert und wusste, was bei manchen Frauen ihrer Altersklasse eine eher seltene Fähigkeit ist, über viele Dinge Bescheid. Man konnte sich mit ihr wirklich gut unterhalten, was ich gelegentlich mit Freude gemacht habe. Ich fand sie intelligent und interessant und das spielte gewiss eine erhebliche Rolle, sie war eine gut aussehende junge Frau.«

Es macht den Eindruck, als wolle Katherina das kommentieren, aber sie schweigt und schaut mich mit ihren dunklen Augen fragend an.

»Ja, ich war zu dem Zeitpunkt verheiratet, arbeitete ziemlich erfolgreich als Finanz- und Versicherungsmakler mit einem umfangreichen Kundenstamm und kümmerte mich mehr um das Geschäft als um mein zu Hause. Nach der Geburt meines Sohnes Sebastian hatte ich mich selbstständig gemacht und meine damalige Ehefrau Doris half mir im Geschäft. Das Geschäft, Geldverdienen, Kontakte herstellen usw. war mein Lebensinhalt geworden. Dass dabei mein Privatleben langsam, aber sicher vor die Hunde ging, habe ich erst bemerkt, als es eigentlich schon zu spät war. Meine Frau und ich gingen mehr oder weniger eigene Wege. Doris beschrieb unser Leben so, dass sie das Gefühl hatte, ständig hinter mir her hecheln zu müssen, bei all den Aktivitäten, die ich vor allen wegen der Geschäftskontakte anstieß.«

»Ach, jetzt kommt die Leier von der „bösen Ehefrau", die dich nicht verstanden hat und du dich woanders „ausheulen" musstest.«

»Keineswegs, aber ich habe einen Weg eingeschlagen, ohne über die Konsequenzen nachzudenken. Während einer der zahlreichen Karnevalssitzungen habe ich mit deiner Mutter Nicole den ganzen Abend getanzt, getrunken, gefeiert und sie nach Hause gebracht. Wir landeten schließlich im Bett, aus dem ich in den frühen Morgenstunden mit schlechtem Gewissen herausgeschlichen und zu meinem Haus mit Frau und Kind zurückgekehrt bin.«

Mein Kopfkino läuft weiter: Die Fahrt in die Mühlenstraße ist kurz und Nicoles Hand liegt mit sanftem Druck auf meinem rechten Oberschenkel. Angekommen sagt sie nur: »Kommst du noch mit rein?« *In mir tobt der Kampf zwischen Lust auf das Abenteuer, gepaart mit der Angst, dass ich auffalle und mich jemand sieht, ich denke überhaupt nicht an meine Frau, sondern nur daran, dass die Geschichte meinem Geschäft schaden könne.*
»OK, aber nur kurz.«*Der Eingang zu Nicoles Wohnung liegt direkt hinter der Haustür, die sie leise aufschließt und mich rasch hinein zieht. Nicole reicht mir gerade bis zur Schulter, sie umklammert mich herausfordern küssend. Ich zerre ihr die bunte Karnevalsbluse vom Körper und befreie sie von sämtlichen, jetzt hinderlichen Kleidungsstücken, während sie mir das Jackett von den Schultern reißt, mein Hemd und meine Hosen öffnet und wir schließlich gemeinsam wie im Rausch, nackt auf das Bett stürzen.*
Es bleibt keine Zeit für eine gegenseitige Erkundung, ich

tauche schnell in die heiße Feuchtigkeit ein und wir treiben uns gegenseitig auf den Gipfel unserer Lust, bis wir schließlich schwitzend und erschöpft zur Ruhe kommen.

»Ich kann dir nicht mehr sagen, welche Ausrede ich für meine späte Heimkehr gebrauchte, – aber dieses Ereignis war der Auslöser, gewissermaßen der entscheidende Sargnagel für das Ende meiner Ehe. Ich war wie ein Pennäler in Nicole verliebt. Mein Leben geriet völlig aus den Fugen. Ich war von ihr fasziniert, schließlich war ich mit 48 Jahren stolz wie ein Gockel, dass eine damals 23-Jährige jemanden wie mich wollte, mich begehrte und mir vor allem sexuell vieles erfüllte, was ich schon lange nicht mehr erlebt hatte.«

»Jetzt erzähl mir nicht, dass das Ganze für dich nur ein sexueller Egotrip gewesen sei, dann kannst du dich hier gleich verabschieden, schießt es zornig aus ihr heraus.«

»Nein, so habe ich das damals nicht verstanden und begriffen. Es war für mich wie ein neues Leben.
Erst später begriff ich, dass das meine Midlife-Crisis war. Ich bin aus meinem Haus ausgezogen, habe Ehe, Familie, Haus und Geschäft aufgegeben, eine kleine Wohnung bezogen und meine Selbstständigkeit beendet.«

»Soll man dich deshalb loben oder bedauern?«, kommentiert Katharina meine Zustandsbeschreibung ironisch.

Ich übergehe ihren Sarkasmus und fahre fort:
»Was ich vorher für undenkbar hielt, trat ein: Ich wurde
wieder ein Angestellter, was nach so langer
Selbstständigkeit mit all den Veränderungen, die ich
dadurch bewältigen musste, radikale Einschnitte in
meinem Leben bedeuteten. Das musste ich bewältigen,
mich ungewohnten Problemen stellen und sie
verantworten, vor allem vor mir selbst.
Dieser neuen Situation habe ich mich gestellt und wusste
nicht, wie und ob es gut ausgeht. Aufgrund meiner
Ausbildung und des bis dahin als Selbstständiger gut
verlaufenden Geschäftes konnte ich als Angestellter die
Leitung eines Vertriebszentrums übernehmen und mit
einem komfortablen Gehalt in die neue Tätigkeit
einsteigen. Nur so war es wirtschaftlich überhaupt
möglich, einen neuen Lebensabschnitt zu wagen.
Nicole wurde mit dir schwanger und sie machte mir den
Vorschlag, in die Mühlenstraße zu ziehen, was mehr
Nähe, aber auch geringere Kosten versprach.«

Katherina hat während meiner Beschreibung der
Situation mehrfach die Stirne gerunzelt, so als ob ich
etwas Neues erzählen würde. Stellenweise habe ich den
Eindruck, als wolle sie mir Zusatzfragen stellen, aber die
Fragen bleiben aus, sie hört sich alles schweigend an.

»Ich wohnte mit ihr mit euch zusammen und alles schien
auf eine gemeinsame Zukunft hinaus zu laufen.
Es gab nur ein Problem: Nicole war als Studentin der
Erziehungswissenschaften eingeschrieben, sie wollte ja
ursprünglich Lehrerin werden und ich habe sie mehr als

einmal dazu ermuntert, aufgefordert, sie regelrecht beschworen, ihr Studium nicht abzubrechen, damit sie auf jeden Fall eine abgeschlossene Ausbildung hat. Das war mir auch wegen unseres Altersunterschieds wichtig. Sie dachte anders, ging aber zunächst scheinbar auf den Vorschlag, weiter zu studieren ein. Ihre Besuche der Uni fanden erst unregelmäßig und schließlich überhaupt nicht mehr statt. Nicole wollte das Studium nicht zu Ende führen, sie wollte, wie sie sagte, selbstständig sein, als Selbstständige arbeiten und vor allem wollte sie ein weiteres Kind von mir. Die Frage, wie das praktisch funktionieren solle, tat sie mit einer wegwerfenden Handbewegung ab: „Ich weiß, dass ich das kann und ich werde das auch schaffen, immerhin bin ich jung und habe einen starken Willen".«

Wie zur Bestätigung des starken Willens ihrer Mutter reagiert Katharina mit einem kaum erkennbaren, zustimmenden Nicken ihres Kopfes.

»Meine Versuche, sie davon zu überzeugen, dass das nur dann Sinn macht, wenn sie ihr Studium erfolgreich beendet, blieben erfolglos. Die Vorschläge, erst das Studium zu beenden, um danach eventuell darüber zu entscheiden, ob Selbstständigkeit oder Lehrerjob, stießen auf taube Ohren. Solche Gespräche führten erst zum Streit, um später zur Versöhnung im Bett zu landen. – Mach mir ein Kind, – ich liebe dich so – bitte!«

Es gab keinen Tag und keinen Ort, an dem ich nicht mit diesem für sie so dringenden Wunsch konfrontiert wurde. Fast täglich kaum war Katharina gefüttert und

frisch gewindelt, folgte fast allabendlich das gleiche
Ritual: Gespräche wurden, wenn sie geführt wurden, nur
körperlich eng geführt. Gemeinsames Fernsehen erfolgte
meist mit gleichzeitig innigen und ständig heftiger
werdenden Umarmungen mit sich anschließendem Sex –
meist schon im Wohnzimmer, weil „nebenan" Katharina
schlief und durch unsere heftigen und ungestümen
Spielchen wahrscheinlich geweckt worden wäre.
Nicht nur einmal wurde ich, nachdem ich erschöpft
eingeschlafen war, nach ein, zwei Stunden wach, weil
Nicole sich noch einmal um mich „heftig bemühte",
rittlings auf mir saß, meine Männlichkeit
„wiederbelebte" mich in sich aufnahm, mich aufsaugte.
»Das hat mir, ich gebe es unumwunden zu gefallen und
ich habe mich bei Nicole nie darüber beschwert. Das ist
aber keine Entschuldigung, – es ist die Erkenntnis, dass
ich als Mann eine „allzeit bereite Geliebte" nicht
ablehnen konnte, was ich aus Bequemlichkeit, nein Lust
nicht tat, aber besser getan hätte.
Die reichlichen und umfangreichen, jeden Tag neuen
sexuellen Offerten habe ich ohne Rücksicht auf zu
erwartende Folgen angenommen, so wie jemand, der
hauptsächlich mit seinem Geschlechtsteil denkt und auch
so handelt.«

Katharina schaut mich während dieser umfangreichen
Ausführungen nur stumm und intensiv an.

»Einwände von deinen Großeltern Franz und vor allem
von Helga, wurden von ihr nicht zur Kenntnis genommen
und wenn darüber doch gesprochen wurde, rigoros
abgelehnt. Freunde aus dem Bekanntenkreis trauten sich

kaum etwas zu sagen, und wenn, dann war ihre Reaktion in gleichem Sinn und Ton.

Erfolglos!

Nicole wollte nicht weiter studieren, – ich hatte einen gut bezahlten Job, der uns ein einigermaßen gutes Leben, trotz meiner Unterhaltsverpflichtungen an meine geschiedene Frau und für meinen Sohn garantierte. Dachte ich – und klammerte mich an die Aussicht und Hoffnung, dass die beruflichen Umstände so blieben oder zumindest nicht schlechter würden.
Diese Hoffnung wurde zunächst tatsächlich erfüllt – ich stürzte mich in meine neuen beruflichen Aufgaben, weil ich dachte und damit rechnete, dass mir mein Erfolg weiterhin treu bleibt.«

»Dann bist du ja noch ein größeres Schwein, für das ich dich sowieso schon gehalten habe. Du hast meine Mutter benutzt, um deine Gelüste zu befriedigen! Du,… ich weiß nicht, wie ich meine Abscheu ausdrücken soll – du widerst mich an!«

»KATHARINA, das ist nicht fair. Bedenk' bitte, dass ich nur das angenommen habe, was mir angeboten wurde. Nicht mehr, aber auch nicht weniger!«

Katharinas Abneigung gegen meine Aussagen zeigt sich in ihrer Atmung, die unkontrolliert in eine Art von Schnapp-Atmung übergeht. Ich spreche trotzdem, wenn auch langsamer und leiser weiter:

»Als der Ältere, der lebenserfahrenere, dachte ich, dass diese Lust, diese Gier nach Leben, sich irgendwann legt und ich mit deiner Mutter ein ganz normales Leben, auch ein ruhigeres Sexualleben, würde führen können.«

In sexueller Hinsicht gab es wenig, was „normal" war. Nicole war zu fast jeder Tageszeit aktiv und erwartete von mir das Gleiche. Während des Frühlingsvolksfestes standen wir abends mitten unter Tausenden von Menschen am Rhein und warteten darauf, dass das angekündigte Feuerwerk beginnen sollte. Nicole stand mit dem Rücken an mich gelehnt vor mir, ich hatte die Arme über ihre Schulter um ihren Hals geschlungen, so standen wir dicht beieinander, als ich plötzlich spürte, wie ihre Hände über meine Hose streiften, den Reißverschluss öffneten, hineinschlüpften und anfingen mich an meinem Mittelpunkt zu massieren.

Meine Reaktion war eine entsprechende Erektion, was sie ermunterte, ihre Aktivitäten kraftvoll zu verstärken - sie wollte mich hier und jetzt zum Höhepunkt treiben. »Hör' auf, ich komme gleich«, zischte ich ihr ins Ohr, was sie mit einem lüsternen »Ja genau komm, ich will dich in meiner Hand spüren«, kommentierte – und ich war fast schlagartig schlaff, ich zerrte sie weg von den Menschen. »Bist du noch ganz dicht? Was meinst du, was passiert, wenn uns, wenn mich jemand dabei sieht?« »Ach' Mensch sei nicht so spießig, die anderen hätten viel-leicht genau wie ich ihren Spaß gehabt«, ihre Antwort.»Stell' dich nicht so an!« Ich war stinksauer, die Lust war verflogen und ich schlug vor, nach Hause zu fahren. »Nee, wo wir jetzt schon mal hier sind, möchte ich das Feuerwerk sehen«, antwortete sie. Langsam trotteten wir wieder in Richtung Rhein, – der alte Platz war natürlich nicht mehr zu erreichen. Das Feuerwerk hatte für mich seinen Reiz verloren, wir blieben bis zur letzten Rakete, drängten zwischen zahllosen Menschen Richtung Parkplatz, stiegen ins Auto, die Fahrt nach Hause verlief wortlos. Ich wollte nicht mehr reden, wollte nur noch meine Ruhe haben und ging nach dem Badezimmerritual und einem kurzen Gutenachtgruß ins Bett. Geweckt wurde ich durch Nicoles Mund an meiner nächtlichen Erektion, die alles Vorherige vergessen ließ und erst spät fielen wir verschwitzt in einen erschöpften Schlaf.

»Nicole hatte wirtschaftlich gesehen, keinen Grund, sich zu beschweren. Fast jeder Wunsch, den sie äußerte, wurde von mir erfüllt. Ich kaufte ihr ein Auto, wir machten Urlaub in verschiedenen Ländern Europas, in Israel – und du warst damals als knapp 2-jährige, mit uns in New York und im Kaufhaus Macys der Mittelpunkt der Bewunderung vieler Amerikanerinnen.«

Es scheint so, als versuche Katharina sich daran zu erinnern, so energisch runzelt sich ihre Stirn und die von der Nasenwurzel zur Stirn aufsteigende Falte, sonst nur angedeutet sichtbar, wirkt in diesem Augenblick besonders tief.

»Nicole träumte davon, auf einem eigenen Klavier spielen zu können. Wir haben ein Klavier gekauft, das vermutlich noch heute in ihrem Besitz ist.«

»Ich wusste nicht, dass du dieses Klavier gekauft hast. Ich dachte immer, es wäre ein Geschenk vom Opa«, ergänzt Katharina mit leicht erstauntem Gesichtsausdruck.

»Das konnte ich mir damals leisten. Ein Klavier ist, wie du sicher weißt, keine billige Sache. Mir kam es darauf an, Nicole zufrieden und glücklich zu erleben, auch wenn nur der Kauf eines Klaviers die Ursache dafür war.«

Ich halte kurz ein, weil ich mir nicht sicher bin, ob ich über die folgende Episode, die mich damals tief bewegt und bis heute immer wieder berührt, wirklich erzählen soll.
Ich entschließe mich dafür, weil damit meine Gedankengänge, die verdrängten Befürchtungen und meine Erkenntnis etwas zu tun, was nicht in Ordnung ist, genauso klar wird wie meine Ignoranz.
»Einmal, es war ganz am Anfang unserer Beziehung, machten wir eine Reise nach Paris. Wir fuhren in meinem Auto, und ich erlebte etwas, das ich lange verdrängt und dessen Inhalt ich erst vollständig verstanden habe, als die Beziehung zu Eurer Mutter bereits beendet war.
Während der Fahrt bemerkte ich an mir ein immer stärker werdendes Unwohlsein. Zunächst ignorierte ich das und hoffte insgeheim, dass das bald vorbeigehen würde, wie ein nächtlicher Wadenkrampf, der genau so schnell wie er auftritt, auch wieder verschwindet. Aber das war etwas anderes. Es fühlte sich an, als würde mir jemand langsam den Hals und zusätzlich den gesamten Oberkörper zusammendrücken.

So muss sich ein Herzinfarkt anfühlen, dachte ich, als ich plötzlich völlig unmotiviert in ein Schluchzen ausbrach. Ich konnte mit Mühe einen Parkplatz ansteuern, den Motor ausschalten, um hinter dem Lenkrad sitzend laut weinend zusammen zu sacken. Bilder von Sebastian, von Doris, meinen Eltern und meinem Geschäft schossen mir durch den Kopf und verstärkten mit jeder Sekunde mein Heulen. Nicole war natürlich zutiefst erschrocken und rief ständig: „Was ist mit dir? Was hast du? Soll ich einen Arzt rufen? Wollen wir umkehren oder in ein Krankenhaus fahren – Was soll ich machen?". «

Ich kann den Gesichtsausdruck meiner aufmerksam zuhörenden Tochter nicht deuten. Es ist eine Mischung aus Erschrecken und Ungläubigkeit angesichts meiner lebhaften Situationsschilderung.
»Als der Weinkrampf, so muss man meinen Zustand sicher beschreiben, vorbei war, versuchte ich sofort wieder Haltung zu bewahren und erklärte Nicole, dass die letzte Woche im Geschäft „fürchterlich stressig gewesen sei" und dass jetzt, wo ich mit ihr ein paar ruhige Tage verbringen kann, das eine körperliche Reaktion ohne tiefere Bedeutung sein musste.
Von dem, was mir in diesen Momenten durch den Kopf ging, erwähnte ich nichts. „Alles ist gut, – lass' uns weiterfahren, Paris wartet schon auf uns". Wir fuhren weiter, kamen im Hotel an, checkten ein, um uns anschließend rasch auf Erkundungstour Richtung Stadt auf den Weg zu machen.«

Katharina hatte aufmerksam zugehört und fragt leise: »Hast du da schon gemerkt, dass eure Beziehung nicht „echt" ist?
Habt ihr beide nicht über diese Sache gesprochen?
Normalerweise ist so etwas doch ein Alarmsignal,
– ich hätte da sicher anders reagiert.«

»Nein Katharina, das war eine einmalige Sache. Ich habe damals wirklich geglaubt, dass das stressbedingt war und deine Mutter hat weder auf der Fahrt nach Paris noch später einmal gefragt, was da passiert ist. Vielleicht, weil wir beide in so einer Art Rausch waren, der uns den klaren Blick verstellt hat – ich weiß es nicht.
Ich hätte die Sache als Hinweis aus meinem Innersten registrieren und danach handeln müssen. Vor allem, weil auf dieser Reise noch etwas passiert ist, was ich nicht ernst genommen und nicht beachtet habe.«

»Jetzt bin ich aber gespannt«, erwidert Katharina auf diese Ankündigung.»

»Es wäre fast ein ganz normaler Kurzurlaub eines Pärchens in der „Stadt der Liebe" geworden, hätte mich nicht ein unauffälliger Fahrgast, ein kaum beachtetes Männchen in der Metro mental aus der Bahn geworfen. Das „Männchen" war ein älterer Mann, ich vermute mit nordafrikanischem Hintergrund, der uns während der Fahrt in der Metro gegenüber saß und beobachtete. Natürlich fiel ihm, wie vielleicht auch den anderen Mitfahrenden, der Altersunterschied zwischen Nicole und mir auf.

Er blickte mich lange mit seinen dunklen Augen an, schaute auf Nicole, dann wieder auf mich ……..und schüttelte unmerklich seinen Kopf. Dann schaute er mir erneut in die Augen, stand auf und ging in einen anderen Waggon.«

»Was war daran so schlimm?«, spöttelt Katharina »was hat dich mental so berührt, dass es dich „aus der Bahn geworfen hat?«

»Dieser Blick und dieses Kopfschütteln war für mich das Wiederauferstehen der Ursachen für den Weinkrampf auf der Autobahn. Der Kloß in meinem Hals wog schwer und nur durch meine Versuche, ruhig und tief ein- und auszuatmen, fand ich erstaunlich schnell meine Fassung wieder. Nicole hat weder diesen Mann noch meine Reaktion bemerkt.
Als wir an „Champs Élysées – Clemenceau" ausstiegen, unterschieden wir uns von den Einheimischen genauso wenig wie von den anderen Touristen. Während der drei Tage Paris versuchte ich nicht an die Autobahnepisode und den merkwürdigen, dunkelhäutigen Mann in der Metro zu denken. Aber jedes Mal, wenn ich einen kleinen Kaftan tragenden dunkelhäutigen Menschen im Straßenbild oder bei den Sehenswürdigkeiten der Stadt zu sehen glaubte, zuckte ich innerlich wie von einer Peitsche getroffen zusammen.«

»Na ja, immerhin scheint dich dein schlechtes Gewissen geplagt zu haben«, kommt es ironisch von

Katharina. »Ich hätte nicht geglaubt, dass du so etwas überhaupt hast – ein Gewissen.«

Eigentlich reizt es mich, ihr verbal jetzt eine „vor den Latz zu knallen", aber ich will keine Diskussion gewinnen, sondern Ihr, Yannick und mir Klarheit bringen.
Ich hole tief Luft und versuche, ohne ein Zittern in der Stimme weiter zu sprechen:
»Heute denke ich, dass mich mein Unterbewusstsein wachrütteln und verhindern wollte, einen Irrweg zu gehen.
Meine Großspurigkeit, verbunden mit Ignoranz und fehlen-der Empathie für die Menschen, die mich umgaben, ließen mich diese Signale übersehen, ignorieren, missachten und sehenden Auges" in die Tragödie steuern.«

»Hat dir denn keiner deiner zahlreichen Freunde einmal einen Tipp gegeben oder dir klar gemacht, wohin deine Reise geht? Oder sind das auch so Idioten wie du?«, erkundigt sich meine Tochter.

»Doch Katharina, es gab einen Freund, der versucht hat, mir Nicole auszureden. Ich habe nicht zugehört, ich wollte es nicht hören. Ich fühlte mich wie der Größte, alles schien zu gelingen. Selbst als man mir versuchte, klar zu machen, wie alt ich bin, wenn ihr volljährig seid, und was ich dann unter Umständen alles nicht mehr mitmachen kann, habe ich mit Spott geantwortet: „Charlie Chaplin wurde 1962 mit 73 Jahren das letzte Mal Vater und ich bin noch lange nicht so alt."

Das war die maßlose Überschätzung eines Großmauls und manchmal denke ich, dass ich damit das Schicksal herausgefordert habe.«

Katharina schaut sichtlich irritiert mit Stirnrunzeln und zusammengekniffenen Augenbrauen zu mir.

»Ist das jetzt nur Masche, Show, oder hast du dich gerade selbst als ein selbstgefälliges Großmaul bezeichnet? Wem willst du eigentlich imponieren? Bei mir musst du dir keine Mühe geben, ich habe dich längst durchschaut. Meine Mutter hat recht: Du bist ein Wortakrobat. Du verstehst es, Menschen mit Worten zu manipulieren. Alles was du sagst, hat nur einen Zweck, nämlich zu täuschen und deine wahren Absichten zu verschleiern, oder das, was du getan hast, in einem besseren Licht erscheinen zu lassen. Ich kann dir einfach nicht glauben!«

»Katharina, du hast mir eine simple Frage gestellt, ob mich keiner meiner Freunde gewarnt hat und ich habe dir geantwortet. Mir ist heute völlig klar, dass dieser Vergleich mit Charly Chaplin total daneben war. Und wenn ich heute, nach all den Jahren über die Konsequenzen meines Lebens nachdenke, dann kann und muss ich doch zu dem Ergebnis kommen, dass einen derartigen Vergleich nur ein Großmaul vornehmen kann. Du solltest mir zutrauen, dass ich nicht erwarte, dass du oder sonst wer ein Großmaul für sehr sympathisch hält. Für mich ist das ein Teil meiner Selbsterkenntnis, die mir hoffentlich hilft, mich in Zukunft anders, klüger zu verhalten.«

Meine Tochter schaut mich zum ersten Mal mit klarem Blick und offenen Augen an, sagt aber nichts und ich bemühe mich weiter zu erklären.

»Nicole wollte sich unbedingt selbstständig machen, um selbst finanziell unabhängig zu sein.
Es gab eine Firma „GOOD SALE". Diese Firma bot in dem damals am Anfang stehenden neuen Medium Internet eine Plattform an, bei der man mit einem Preisvergleichsprogramm Waren der unterschiedlichsten Art zu einem optimalen Preis anbieten und dadurch eine Menge Geld verdienen sollte.«

Katharinas hochgezogene Augenbrauen lassen erkennen, dass das für sie neu sein muss, sie scheint davon bisher nichts gehört zu haben und hört offenbar neugierig zu.

»Für dieses als Franchise-System angebotene Programm zahlte ich die Lizenzgebühr von mehreren Tausend DM, damit Nicole sich selbstständig machen konnte.
Leider war das im wahrsten Wortsinn eine Fehlinvestition. Wir fuhren nach Dortmund und verhandelten mit dem Franchisegeber lange, ließen uns alles erklären, um mit einer Menge Unterlagen wieder nach Hause zu fahren, in denen die erfolgversprechenden Vorgehensweisen genau beschrieben wurden.
Für die, die sich damit intensiv beschäftigten, waren diese Papiere die Grundlage für den Erfolg, der bei Nicole leider ausblieb, –obwohl ich alles, was ich an Informationen zum Thema Verkaufen hatte, an sie weitergab und versuchte, sie nach Kräften zu unterstützen.

Mehr als 10.000 DM über 5.000 € „in den Sand gesetzt!"«

Katharina schaut mich ungläubig an und flüstert: »Das wusste ich nicht, das höre ich jetzt zum ersten Mal.«

»Das war so, du kannst deine Mutter gerne danach fragen«, bemerke ich, um weiter zu verdeutlichen: »Nicole wollte in erster Linie ein weiteres Kind.
Selbst Helga, ihre Mutter, die Urgroßeltern und alle, die sie kannten, konnten sie davon nicht abbringen und sie setzte alles daran, schwanger zu werden. Als Mann war das für mich eine „wilde und ausschweifende Zeit" jederzeit eine fast überall allzeit bereite Geliebte zu haben, die, selbst wenn man lustlos war, nichts unversucht ließ, dass ES passierte.
Nicole wurde schließlich mit deinem Bruder Yannick schwanger.«

»Muss dir aber gefallen haben, sonst wäre das mit der Schwangerschaft nichts geworden«, – schleudert sie mir aufbrausend entgegen.

»Du hast recht, – das habe ich nie bestritten, aber es gehören bekanntermaßen stets "Zwei" dazu.
Ich habe deine Mutter weder vergewaltigt noch auf andere Art gezwungen. Zu dieser Zeit war es eine auf das rein sexuelle orientierte Beziehung.«

Katharina läuft im Gesicht rot an, und ehe sie mich mit einem Schwall von Worten unterbrechen kann, ergänze ich:

»Sorry, ich will eure Mutter nicht falsch darstellen, so habe ich es nicht nur empfunden, das war die Wirklichkeit.   Verhütung war für sie kein Thema. Angeblich war es nach Knaus-Ogino immer eine „ungefährliche Zeit", und sie wollte mich „pur" spüren.

Ich war so naiv und habe mich auf ihre Aussagen verlassen weil es für mich der bequemere Weg war, auch wenn ich es hätte besser wissen müssen.
Vielleicht wollte Nicole unsere wegen des ständigen Streites über ihr Studium bereits angeschlagene Verbindung retten.«

Hinzu kam, dass Nicole von einer von mir bis dahin nicht für möglich gehaltenen, geradezu wahnsinnigen Eifersucht geplagt war. Vielleicht war unser zeitweilig exzessiver Sex die Ursache dafür.
Diese Eifersucht äußerte sich vor allem immer dann, wenn der Song „Willenlos" von Marius Müller-Westernhagen, den ich musikalisch toll finde, irgendwo erklang.
Diese Textzeilen müssen bei Nicole Assoziationen hervorgerufen haben, die mich in ihren Augen als sexbesessenen Macho haben erscheinen lassen:

»........Ihr Name war Fräulein Meyer,
Meyer mit Ypsilon
Sie schaffte täglich zehn Freier
Was für 'ne Kondition
Sie hatte Rasse, gar keine Frage
Ich lutschte an ihrem Zeh
Und ich war wirklich nicht in der Lage

ihr aus dem Wege zu gehen
ihr aus dem Wege zu gehen
Hey Mama, was ist mit mir los?
Frauen gegenüber bin ich willenlos
Völlig willenlos
Selbst im Büro, im Damenklo, hab' ich sie geliebt
Die Erika, die Barbara, erst recht die Marie ……….
Hey Mama, was ist mit mir los?
Frauen gegenüber bin ich willenlos
Völlig willenlos, was ist mit mir los? Was ist mit mir los?
Was ist mit mir los? Was ist mit mir los?......«

»Wusstest du Katharina, dass deine Mutter wahnsinnig eifersüchtig ist? Ich habe das erst begriffen, als sie auf den Song „Willenlos" von Marius Müller-Westernhagen sehr heftig reagierte, weil sie den dort besungenen Typen mit mir gleichsetzte.«

»Dein Verhalten wird sicher der Grund dafür gewesen sein«, entgegnet Katharina und »du hast ja zugegeben, dass eure Verbindung zu einem großen Teil sexuell bestimmt war.«

»Sicher, aber dass ein simples Lied, wie „Willenlos" Eifersucht auslöst, habe ich nicht für möglich gehalten. Zuerst machte ich mir einen Jux daraus, sie mit diesem Lied zu ärgern, sie zu provozieren, regelrecht aufzuziehen. Natürlich spielte ich den „Womanizer" und habe ihr in bestimmten Situationen dieses Bild, das ich für eines ihrer sexuellen Wunschbilder hielt, vermittelt.
Ihre Reaktion darauf war meistens ein besonders wilder

und ungestümer Sex – sie schien es zu lieben und mir hat es natürlich genauso gefallen.

Den Wechsel von der Fantasie zur Realität habe ich erst begriffen, als Nicole in ihrem Brief an Sandra genau dieses von ihr als mein reales empfundenes Verhalten Frauen gegenüber dargestellt und damit das Scheitern der Beziehungen, die ich einmal hatte, als Beleg dafür angesehen und entsprechend kommentiert hat.«

Ich halte kurz ein, auch um in meiner Schilderung nicht zu drastisch zu werden und Katharinas Reaktion abzuschätzen. Sie schaut mich aber weiter stur an, sodass ich weiter spreche:
»Irgendwann begriff ich, dass Nicole vor allem daran dachte, IHRE Lebensvorstellungen zu verwirklichen, ohne Rücksicht darauf, was ich davon hielt und dafür auch ihre Sexualität einsetzte.«

»Woran willst du das erkannt haben«, kommt es scharf von der anderen Seite des Tisches.»

»Ich will versuchen, dir meine Empfindungen zu beschreiben
Mir ist spät klar geworden, dass ich als ein Gefangener meiner Gefühle, speziell meiner Sexualität gehandelt habe und meinen Verstand ausgeschaltet habe.«

»Aber das kannst du doch meiner Mutter nicht vorwerfen«, schleudert mir Katharina mit wütendem Gesicht entgegen.

»Ich will nicht zynisch werden, Katharina, aber ich muss dir doch nichts über Ursache und Wirkung erklären!«, was sie mit heftigem Erröten wortlos beantwortet.

Ich übergehe ihre Reaktion und versuche weiter zu erklären: »Nicole vermittelte mir den Eindruck, dass sie wisse, was ich im Leben brauche. Das begann damit, dass sie versuchte, mir das Leben zu erklären, mir zu sagen, wie ich mich kleiden, was ich essen und was ich insgesamt tun solle. Wenn ich ins Büro fuhr, erhielt ich einen „Henkelmann", damit ich im Büro an Gemüse knabbern und nicht etwa mit Mitarbeitern oder Geschäftspartnern „üppig Essen" gehen sollte.«

»Hast du die dahinter steckende Fürsorge nicht begriffen«, will Katharina wissen und ich kann, obwohl es mich gefühlsmäßig packt, nur rational antworten:

»Zu dieser Zeit war ich bereits älter als 50 Jahre und hatte erst als leitender Angestellter, danach als Selbstständiger erfolgreich gearbeitet und war es gewöhnt, mein Leben selbst zu gestalten. Bis zu dieser Zeit waren es meine Entscheidungen festzulegen, wie ich dieses oder jenes tue. Jetzt erlebte ich, permanent kontrolliert zu werden, sollte ihr über alle meine Wege und Tätigkeiten Rechenschaft abgeben. Es gab Tage, an denen sie mich mehrmals im Büro anrief und wissen wollte, wann ich nach Hause käme, möglichst mit konkreter Uhrzeit. Wenn ich durch das Geschäft einmal später nach Hause kam, musste ich erklären, warum ich so spät bin oder warum ich nicht angerufen habe.«

»Aber ist das nicht ein Zeichen von Fürsorge, von Verbundenheit und letztlich Liebe?«, wendet mein Gegenüber entrüstet ein, »Hast du das nicht begriffen?«

»Bei mir löste dieses Verhalten aus, das ich anfing, mir immer häufiger die Frage zu stellen, ob der von mir eingeschlagene Weg der richtige und Nicole auf Dauer die richtige Partnerin sei. Ich erkannte, dass dieser Weg nicht der ist, den ich länger weiter gehen konnte, den ich aber auch nicht weiter gehen wollte. Ich empfand ihn als Irrweg und suchte und hoffte auf eine für Nicole, dich und mich akzeptable Lösung.«

Katharina richtet sich wie eine Kobra vor dem Angriff auf und fragt lauernd:»Und, wie sah diese „Problemlösungssuche" praktisch aus?«

»Deine Mutter und ich versuchten, in Gesprächen Antworten zu finden. Diese Gespräche endeten aber leider meist schnell ohne Lösung oder führten zum Streit. Die „Knackpunkte" waren sowohl das abgebrochene Studium als natürlich auch die schief gegangene „GOOD SALE-Aktion"«.

»Das wird ja immer schöner«, ruft Katharina wütend, »Du gibst meiner Mutter für alles die Schuld! Machst du es dir nicht zu einfach?«

Um ihre Wut nicht weiter zu steigern, halte ich einen Moment ein und antworte erst danach in bewusst ruhiger Stimmlage:

»Nicole, deine Mutter, arbeitete dafür nicht planmäßig genug, was am Ende der Grund für den Misserfolg war. Genau so wenig systematisch war die Struktur ihrer Wochentage. Zur Selbstständigkeit gehört ein hohes Maß an Disziplin und zielgerichtete Organisation, eine Struktur der Tage. Daran fehlte es Nicole. Tut mir leid, wenn dir das nicht gefällt, wenn ich das sage, aber wenn du nachdenkst, wirst du vermutlich zu einem ähnlichen Ergebnis kommen. Sprich einmal mit deinem Bruder darüber.«

Der Versuch, das Gespräch nicht weiter emotional aufzuladen, hat nicht funktioniert, Katharina reagiert noch wütender und widerspricht heftig:

»Lass' meinen Bruder aus dem Spiel, er und ich sind gleicher Meinung, dass du unsere Mutter genau so schlecht machen willst, wie du sie schon mies behandelt hast!«

»Katharina, versteh mich doch! Ich kann dir nur mein Erleben und meine Eindrücke beschreiben. Vielleicht habt ihr sie anders erlebt. Nach meiner Erfahrung gab es bei eurer Mutter weder einen strukturierten Tag noch eine Tagesplanung für die geschäftlichen oder privaten Vorhaben. Alles folgte einem eher spontanen und vielleicht gut gemeinten Tagesablauf, insbesondere was zur Befriedigung zunächst deiner später eurer kindlichen Ansprüche notwendig erschien.«

»Ja und?« hält Katharina trotzig entgegen, »das ist doch kein Fehler, wenn sie kindgerecht handeln wollte.«

Um die Situation nicht weiter eskalieren zu lassen, erwidere ich: »Nicole sah sich, speziell darin was Menschen gut tut, als Profi. Das hatte für sie ja auch einen tieferen Grund. Schließlich wollte sie ja ursprünglich als Lehrerin ihre pädagogischen Fähigkeiten beweisen.«

Nach einer weiteren Atempause zur Entspannung:
»Ich habe Nicole als Partnerin und nie als ein Hausmütterchen gesehen, aber ein Mindestmaß an Ordnung oder Systematik wäre toll gewesen.«

Ich überlege, ob ich das anschließende sagen soll, aber ich denke, wenn wir schon dabei sind, reinen Tisch zu machen, dann muss auch das gesagt werden dürfen:
»Oft stand ich in der Küche und spülte das vom vorausgegangenen Tag stehen gebliebene Geschirr ab. In der Wohnung waren deine Spielsachen großflächig verteilt und Nicole saß am Tisch und verrichtete irgendeine Bastelarbeit, die entweder mir eine Freude bereiten sollte oder etwas Wichtiges für deine Entwicklung war, wie sie mir dann erklärte.«

Katharina schüttelt den Kopf und murmelt:
»Du hast anscheinend eine veraltete Vorstellung davon, was Kindern guttut und notwendig ist«, was ich aber nicht kommentiere.

»Hinzu kam etwas, das mir vorher nicht aufgefallen war. Nicole war Mitglied in verschiedenen Vereinen, zu den meisten bestanden aber schon damals kaum oder kein Kontakte mehr. Ich erinnere mich an eine Vereinsvorsitzende, – es war die Vorsitzende des Turnvereins, – die Nicole auch als Freundin bezeichnete.

Mit dieser Vorsitzenden hatte sie einen Streit, bei dem ich weder den Grund noch den Auslöser erfahren habe, – aber anscheinend war das gegenseitige Verständnis abhanden gekommen. Meine Versuche zu schlichten schlugen fehl, weil Nicole auch bei der Freundin und dem Verein darauf bestand, dass man ihre Vorstellungen akzeptiert, wozu weder die Freundin noch der Verein bereit waren.«

Entrüstct protestiert Katharina: »Das ist doch das Mindeste, dass du deiner Partnerin zur Seite stehst. Oder hast du gegen meine Mutter agiert?«

Meine Position war eindeutig, ich stand an Nicoles Seite, aber sie hatte nicht zum ersten Mal Freundin und Verein verloren, was für sie zu einem erneuten Wechsel des Sportvereines führte und ich ihre Ex-Freundin künftig als „Persona non grata" behandeln musste.
Es ging meist um persönliche Animositäten, die ich nicht nachvollziehen konnte.
»Nein, Katharina« beantworte ich ihre Frage »ich stellte mich nicht gegen Nicole, sondern stand loyal an ihrer Seite. Allerdings scheiterten diverse Bekanntschaften und Freundschaften an Nicoles Haltung und Einstellung. Wenn etwas passierte, was nicht in ihrem Sinn war, gab es Zoff! Es zählte offenbar nur das, was sie bestimmte.«
Katharina nimmt das schweigend, aber kopfschüttelnd zur Kenntnis.

Jetzt ist der Moment gekommen, an dem ich auch das Verhältnis zwischen Nicole und Sebastian ansprechen muss:

»Hinzu kam, dass sie meinen Kontakt zu Sebastian, der uns damals in der Mühlenstraße regelmäßig besuchte, auch um dich, seine Halbschwester regelmäßig zu sehen, immer häufiger nutzte, um auch auf Sebastian Einfluss zu nehmen, um mir anschließend zu erklären, wie ich meinen Sohn behandeln solle. Als sie zufällig erlebte, wie Sebastian, damals um die 14 Jahre alt, bei einer dämlichen „Jungen-Mutprobe" in einem „Ramsch-Laden" etwas klaute, „rettete" sie ihn angeblich vor dem Hausdetektiv und der Polizei. Sie schilderte die Geschichte so lebendig, dass ich ihr die Story abgenommen habe.«

Katharina heult auf: »Willst du vielleicht behaupten, meine Mutter hätte sich die Geschichte aus den Fingern gesaugt?«

»Wie würdest du das beurteilen, wenn entgegen jeder Erfahrung „Sebastians Diebstahl" keine Folgen hatte und der von Nicole angekündigte Kontakt durch die Polizei nie erfolgt ist?«

Katharinas verblüfftes Schweigen lässt mich langsam weiter erzählen: »Trotzdem hielt sie mir vor, dass ich meinen Sohn „zu materialistisch" erzogen hätte und es wäre wichtig, ihm spätestens jetzt die wirklichen Werte, die sie kennt, beizubringen.«

»Jetzt ist es aber genug«, fährt Katharina aufbrausend dazwischen. »Du kannst es meiner Mutter doch nicht übelnehmen, dass sie dir helfen wollte. Sie kann Sebastian gut leiden und hat nur versucht, ihm und dir zu helfen.«

»Vielleicht hast du recht Katharina, aber ich empfand die Art und Weise, wie sie sich einmischte, übergriffig. Mein Verhältnis zu Sebastian war bis dahin, trotz der Belastung durch die Trennung von Sebastians Mutter immer noch herzlich und liebevoll. Auch wenn ich mich wegen Nicole von Doris getrennt hatte, sorgte Sebastians Mutter weiter dafür, dass aus Sebastian ein aufrichtiger Mensch wurde. Du kennst ihn und hast seine Geradlinigkeit sicher längst erkannt. Diese Kritik an Sebastian empfand ich als persönlichen Angriff auf mich als Vater.«

»Ich wusste nicht, dass du so „dünnhäutig" bist«, schallt es mir ironisch und spitzzüngig entgegen, was ich unbeantwortet lasse.

»Meine Reaktion darauf war ein Ausweichen, sodass ich mich hauptsächlich meinem Beruf und den damit verbundenen Aufgaben und Herausforderungen noch intensiver als ich es ohnehin schon tat, widmete.«

»Ich glaube«, entgegnet Katharina aufgebracht, »du hast eher nur nach einem Grund für deinen „Absprung" gesucht.«

»Ja, ich war feige und habe falsch reagiert, – nur ich hoffte darauf damit meine Arbeit so erfolgreich zu machen, dass zumindest die materielle Zukunft gesichert sein sollte.

Mir fehlte zu dem Zeitpunkt der klare Blick für das, was notwendig und sinnvoll gewesen wäre. Es war für mich beruflich eine wirklich schwierige Zeit, weil eine neue Vertriebsstruktur aufgebaut werden musste, bei der ich nicht nur gegen Mitbewerber, sondern auch gegen ehemalige Kollegen und Widerstände innerhalb des Konzerns zu kämpfen hatte. Über diese Arbeit habe ich dich und deine Mutter stark vernachlässigt ein Fehler, wie ich zu spät bemerkte. Vielleicht hätte mehr Aufmerksamkeit auf euch beide die Situation gerettet, – vielleicht wäre manches anders gelaufen?«

Ihr geringschätziges: »Da kommst du aber spät drauf, oder ist das auch nur so ein Lippenbekenntnis von dir?«

lässt mich kurz zögern, – nein, darauf reagiere ich nicht, – es würde vielleicht unser Gespräch schon an dieser Stelle enden lassen, weshalb ich die Bemerkung ignoriere und ruhig weiterspreche:

»Du, Katharina hast, wenn ich richtig informiert bin, an der TU Berlin Wirtschaftsingenieurwesen studiert und kannst dir berufliche Widerstände vielleicht konkret gut vorstellen und solche Situationen realistisch einschätzen. Übrigens, das und was du studiert hast, habe ich nicht von deiner Mutter, sondern ausschließlich über eigene Erkundigungen erfahren. Ich wusste, dass du in Berlin lebst, es gelang mir aber nicht, Kontakt mit dir aufzunehmen, weil mir die genaue Adresse nicht bekannt war und sie mir keiner nennen konnte oder wollte.

Meinen Brief, den ich dir wegen der notwendigen studentischen Krankenversicherung schrieb, weil ich sauer darüber war, wie du die Versicherungsbescheinigung bei mir angefordert hast, hast du vermutlich nicht gelesen, jedenfalls hast du nie darauf geantwortet. Die Form deines Briefes hatte mich sehr verletzt, weshalb ich dir schrieb und auf eine Antwort gehofft hatte.«

Guten Tag Katharina,
heute erhielt ich einen Einschreibebrief – Rückschein war wegen des fehlenden Absenders nicht mit dabei -, dessen Inhalt dich als Absender vermuten lässt. Ich werde dieser „Aufforderung" zur Erklärung meiner Einkommensverhältnisse gegenüber der BAföG-Stelle nachkommen, damit du rechtzeitig einen positiven Bescheid bekommst. Die Art und Weise, wie du mich dabei „ansprichst", erstaunt mich sehr. Entgegen meinen Informationen, dass du ein höflicher und gebildeter Mensch bist, lässt diese Form der Kontaktaufnahme vermuten, dass dir, in Bezug auf mich, diese Eigenschaften abhanden gekommen sind. Als Humanistin sind dir respektvolle Umgangsformen geläufig, die, unabhängig von der Gefühlslage zu Menschen, eingehalten werden. Auch wenn du auf Grund der, nicht nur durch mich, verursachten Situation keine positiven Gefühle für mich entwickeln konntest, kann ich von dir den menschlichen Respekt erwarten, den du ansonsten selbst Fremden entgegenbringst. Dir ist offenbar unklar, dass sich meine persönlichen

positiven Gefühle für dich und deinem Bruder Yannick in all den Jahren, trotz meiner Differenzen mit eurer Mutter, nie verändert haben. Du solltest das Wissen, ehe du die bisherige Blockadehaltung eurer Mutter gegen mich kritiklos übernimmst.

In diesem Sinn grüße ich dich herzlich

Anfragen der Ämter, Krankenkasse oder BAföG, beantwortete ich immer sehr klar und eindeutig. Dies vor allem, weil viele Anfragen von mir erst verspätet beantwortet werden konnten, weil sie mich nur über den Umweg der Adresse eurer Mutter erreicht haben.

Krankenversicherungsnummer: ....
Mitversicherung Familienangehöriger
Ihr Schreiben und Fragebogen vom ....

Sehr geehrte Damen und Herren,

Bei den mitversicherten Familienangehörigen Kindern Katharina und Yannick handelt es sich um meine nichtehelichen Kinder, die bei ihrer leiblichen Mutter, der selbständigen Agenturinhaberin „Spiele und Künstler", Mühlenstraße, in Bornheim leben. Die Kindesmutter verweigert mir seit Jahren jegliche Auskünfte, weshalb ich den Fragebogen auch nur unvollständig ausfüllen kann. Meine Tochter Katharina, hat im Februar ihr Abitur gemacht und ist nicht mehr Schülerin. Ob sie ein Studium anfängt, oder eine Ausbildung oder sonstiger Erwerbstätigkeit nachgeht, kann ich nicht sagen. Bitte wenden Sie sich deshalb am besten selbst direkt an meine Tochter, die jetzt volljährig ist und Ihre Anfrage dann selbständig beantworten kann. Was den Organspendeausweis, den Sie mir und auch meiner Tochter, an meine Adresse zugeschickt haben, betrifft, gebe ich Ihnen den Ausweis meiner Tochter mit der Bitte um Korrektur der Anschrift und zu meiner Entlastung zurück.

»Zu der Zeit begann es, dass ich mit der Mitarbeiterin Sandra, mit der ich berufsbedingt eng zusammen arbeitete, auch über Privates sprach, ja wir erzählten uns gegenseitig Details unseres privaten Lebens. Sie war, so empfand ich es, wie ich, in einer glücklosen Beziehung. Zu der Zeit war es noch kein Verhältnis, sondern neben der guten geschäftlichen Zusammenarbeit auch ein persönlich gutes gegenseitiges Verständnis, weil sie mir von ihren Problemen mit ihrem damaligen Lebensgefährten berichtete. Man hätte denken können, dass wir so eine Art Notgemeinschaft waren, die sich Ratschläge gaben, um das eigene Leben in den Griff zu bekommen.«

»Ja ja von wegen Notgemeinschaft,« verbunden mit einem höhnisch gekünstelten Lachen giftet mich meine Tochter an »du bist mit dieser „Mitarbeiterin" in die Kiste gestiegen und hast keinen Moment an uns gedacht, vor allem weil meine Mutter damals schon mit Yannick schwanger war, während du durch die Gegend gevögelt hast.«

»Genau das tat ich nicht. Ich hatte keine Lust mehr, mich bevormunden lassen und ja, – ich wollte mich von Nicole trennen und habe sie darüber nicht im Unklaren gelassen und meinen Auszug angekündigt. Bis dahin gab es noch keine wirkliche Beziehung zu Sandra, und auch wenn du mir das jetzt nicht glaubst, es war lediglich eine Art Freundschaft.«

»Lügen, Lügen immer nur Lügen,« stöhnt es mir entgegen.

»Im Übrigen,« ergänze ich, »lebte Sandra zu der Zeit noch mit ihrem damaligen Partner zusammen und ist später unabhängig von mir tatsächlich alleine in eine eigene Wohnung umgezogen. Es passierte später das, was nicht vorgesehen war. Sandra und ich, wir verliebten uns ineinander und wir wurden ein Paar. Das habe ich eurer Mutter das gestanden und bin sehr schnell nach diesem „Geständnis" in ein kleines „Ein-Raum-Appartement" gezogen – alleine ohne Sandra.«

»Hatte meine Mutter doch recht, wenn sie dich so eingeschätzt hat, dass du immer, wenn es brenzlig wird, abhaust und dich nicht den Problemen stellst. Du bist ein Feigling, der sich vor der Verantwortung drückt.«

»Wenn das ihre Meinung ist, kann ich das nicht ändern, – aber ich hoffe, dass du irgendwann erkennst, was Ursache und was Wirkung von Verhaltensweisen war. Vielleicht erkennt ihr du und dein Bruder, dass die Hintergründe und Ursachen andere waren als die, die euch ständig erzählt wurden.«

Außer einem despektierlichen Augenaufschlag bei gleichzeitigem Schräglegen ihres Kopfes zeigt Katharina keine Reaktion auf die unterbliebene Verteidigung des Vorwurfes, ein Feigling zu sein. Also versuche ich weiter, ohne belehren zu wollen, mein Verhältnis zu ihrer Mutter aus meiner Wahrnehmung zu erklären.

»Jetzt wurde „die Familie" insbesondere deine Mutter und Opa Franz aktiv. Da ich ja als Angestellter arbeiten musste, schrieb man meine Vorgesetzten an und wies darauf hin, dass ich mit einer Mitarbeiterin ein „Verhältnis habe" und dies sicher den Betriebsfrieden" stören würde. Weil meine Arbeit aber immer noch erfolgreich war, hatte dieses Schreiben außer merkwürdigen Bemerkungen einzelner „Vorgesetzter" keine unmittelbare Wirkung auf die beruflichen Aktivitäten, – obwohl es natürlich meine Arbeit belastet und erschwert hat. Der Brief wurde anonym geschrieben, – die Herkunft war allerdings eindeutig und nachvollziehbar. Als meine Absicht, mich von Nicole zu trennen, konkret wurde, präsentierten mir sowohl dein Opa Franz, als auch deine Urgroßeltern, denen das Haus gehörte, in dem wir wohnten, Rechnungen für Miete, Nebenkosten und was alles so anfiel, – die ich selbstverständlich beglichen habe.«

»Woher willst du wissen, dass dieser anonyme Brief von meiner Mutter kam«, zweifelt Katharina meine Vermutung an und fährt fort, »es war doch sicher einigen Menschen bekannt, mit wem du ein Verhältnis hast.«

»Richtig, Katharina, einen Beweis habe ich nicht, aber du wirst zugeben, dass meine Vermutung naheliegend war.«

Katharina schweigt und ich beschreibe weiter:

»Noch wohnte ich in der Mühlenstraße, war aber innerlich bereits weg. Ehe ich auszog, passierte allerdings das, was aus meiner Sicht die künftige Beziehung zu deiner Mutter entscheidend veränderte.«

»Jetzt bin ich aber mal gespannt, – vielleicht kenne ich die Nummer ja schon? «

»Das weiß ich nicht, Katharina. Ich habe mit Sebastian jedes Jahr einen gemeinsamen „Männerurlaub" gemacht, weil ich durch das Geschäft oft nicht zu Hause war und selbst darunter gelitten habe, dass mein Vater durch seinen Beruf nur selten, meist nur an Wochenenden zu Hause war und sich auch dann nur wenig um mich kümmern konnte. Sebastian und ich waren bei diesen „Männerurlauben" in ganz Deutschland unterwegs gewesen, danach in Frankreich, Belgien und Holland und schließlich flogen wir auch in die USA, nach New York.«

»Na also, du hattest genügend Mittel, um dir das leisten zu können.«

»Richtig Katharina, zu der Zeit war ich wirklich reich, – aber nur deshalb, weil die Forderungen, mit denen ich mich später auseinandersetzen musste, noch nicht vorlagen.
Einen Tag vor dem Abflug, Nicole fühlte sich nicht gut und wollte sich etwas hinlegen, bat sie mich, mit dir etwas spazieren zu gehen. Ich ging mit dir in Richtung „Dorf" und wir haben an einem Zaun, wo Gänse, Truthähne und Hühner waren, lange Station gemacht.

Du hattest einen Riesenspaß, hast die Viecher mit Gras gefüttert, was Kinder so machen, wenn sie Tiere mögen. Wir waren mehr als zwei Stunden unterwegs. Ich brachte dich nach Hause und machte mich auf den Weg, um mit Sebastian zum Flieger zu kommen.

Aus New York rief ich später also am nächsten Tag an, um zu sagen, dass wir gut angekommen, das Hotel und auch wir OK wären. Bei diesem Gespräch erzählte mir deine Mutter, dass du an dem Tag, an dem wir beide unterwegs waren, abends auf dem Töpfchen plötzlich laut zu weinen anfingst und über Schmerzen „da unten" geklagt hast. Sie wusste sich nicht zu helfen, weil du nicht aufgehört hättest zu weinen und fuhr mit dir in das Krankenhaus zur Kindernotfallstation. Dort stellte man fest, dass du an deinem Geschlecht durch von außen einwirkende „mechanische Einflüsse" verletzt worden wärst. Ich war natürlich entsetzt, weil ich mir nicht vorstellen konnte, was der Grund für deine Verletzung sein könne.

Dann folgte Nicoles Ansage, die vieles, eigentlich alles in der darauf folgenden Zeit veränderte: „Ich hab', denen aber nicht gesagt, dass du mit der Kleinen mehr als zwei Stunden alleine unterwegs gewesen bist!"«

»Und?«, was hat sich nach dieser „Ansage" deiner Meinung nach verändert?«, kommt es hörbar unsicher aus Katharina.

»Nun, es dauerte einen Moment, bis ich den Sinn und eventuelle Auswirkung dieses Satzes erkannt und den dadurch ausgelösten Schock in mir verdaut hatte.

Auf meine Frage, ob ihr bewusst sei, was sie damit zum Ausdruck gebracht hat, reagierte sie knapp mit:

„Garnichts – ich wollte nur nicht, dass man dich eventuell beschuldigt. Ich habe dich ja quasi in Schutz genommen."«

Katharinas Augenbrauen ziehen sich so zusammen, dass auf ihrer Stirn eine tiefe Fragefalte erscheint, – als könne sie nicht glauben, was ich ihr erzähle.

»Ich war so entsetzt, dass ich das Telefonat beendete und Sebastian mich fragte, ob etwas passiert sei, weil alle meine Gesichtsfarbe aus dem Gesicht gewichen war. Ich konnte und wollte seine Frage nicht beantworten und habe ihm erst später, als wir wieder in Deutschland waren, davon erzählt. Er konnte sich ziemlich gut an mein entsetztes Gesicht nach dem Telefonat erinnern.«

»Hast du das vermutet, was ich befürchte?«, will Katharina von mir wissen und ergänzt »und hast du versucht, das zu klären?«

»Natürlich bin ich dieser unausgesprochenen Anschuldigung, die ich als Bedrohung empfand, nachgegangen. Bei einer mir bekannten Notfallkrankenschwester, die in diesem Krankenhaus arbeitete, fragte ich nach. Um keine „pauschale Antwort" zu erhalten, nannte ich das genaue Datum eures Krankenhausbesuches, oder soll ich besser sagen, angeblichen Krankenhausbesuches?«

Katharina blickt mich scharf an:
»Und?, was hast du erfahren?«

»Sie erklärte mir, dass an diesem Datum keinerlei derartige Vorfälle vermerkt sind. Außerdem würden, wenn so ein Verdacht aufkomme, selbst beim geringsten Verdacht, die Klinik von sich aus sofort die Behörden informieren. Die Klinik ist dafür bekannt, dass sie Beweise auf Missbrauch besonders sichert. Wäre dies bei dieser Untersuchung der Fall gewesen, wäre das sofort an die Behörden gemeldet worden.

Als Tatverdächtigen hätte man mich vermutlich bereits unmittelbar nach meiner Rückkehr aus den USA, am Flughafen in Frankfurt oder jedem anderen Airport in Deutschland verhaftet. Es sei NICHTS, GARNICHTS in dieser Richtung gewesen. Kannst du das verstehen? Warum behauptet Nicole so etwas?«

»Das glaube ich dir nicht«, schleudert Katharina mir entgegen. »Wäre das so gewesen, wie du es jetzt hier behauptest, dann hättest du mit entsprechenden Zeugenaussagen beweisen können, dass du unschuldig bist. So behauptest du nur einfach etwas und begründest damit deine Fehler und entschuldigst damit, dass du dich nicht um uns gekümmert hast.«

»Genau deswegen habe ich meinem Anwalt die Aussage deiner Mutter präsentiert und ihn um Rat gebeten, was ich jetzt tun solle.«

Sein Rat war: „Bleiben Sie da weg! Bei einer solchen Behauptung haben Sie wenige Chancen, das zu widerlegen. Aus meiner Erfahrung als Anwalt ist nicht auszuschließen, dass bei solchen Verfahren am Ende immer etwas „an Ihnen hängen bleibt".

Das habe ich auch so gesehen und aus Selbstschutz den Rat des Anwaltes befolgt.

Nachdem ich bei euch ausgezogen war, erhielt ich Post von einer Anwältin, die die Dinge im Sinne Deiner Mutter klären wollte – und sie hat sie geklärt, ich komme darauf noch zurück. Nicole bestand darauf, bei meinem Auszug aus der gemeinsamen Wohnung und Einzug in das Appartement dabei zu sein. Ich kann nur vermuten, dass sie kontrollieren wollte, ob ich alleine um- und einziehe .Ich sehe dich Katharina, als wäre es heute gewesen, in dem aufgebauten und noch leeren Kleiderschrank in dem Appartement, das ich bezog, fröhlich und neugierig sitzen und beobachten, wie meine Helfer und ich die Umzugskartons hereinbringen.«

»Wenn man dich so reden hört, dann muss man ja glauben, dass du einem Monster in die Hände gefallen bist und bedauert werden willst. Du Ärmster,« – während sie verächtlich schauend, die Arme verschränkt.

»Nein, Katharina Bedauern ist falsch, außerdem wäre es zu der Zeit der falsche Augenblick gewesen. Es wäre aber für alle Beteiligten gut gewesen, wenn mich jemand rechtzeitig „in den Arsch getreten" hätte, oder ich den Vorbehalten, die von außen immer wieder kamen, geglaubt hätte – oder auf meine „innere Stimme" gehört hätte.

Spätestens nach der Fahrt nach Paris hätte ich wach werden müssen, – da gab es noch keine Schwangerschaft und kein gemeinsames Wohnen. Wegen meines Machogehabes hätte sich Doris vermutlich von mir getrennt und ich hätte mein Leben auch neu organisieren müssen. Aber damals gab es euch noch nicht und es wäre euch, Nicole und mir vieles erspart geblieben. Vor allem wärst du und Yannick nicht ohne Vater aufgewachsen. So seid ihr V a t e r l o s geblieben, mit allen Konsequenzen, die so ein Leben bewirkt. Es ist leider nicht mehr zu ändern und das tut mir unendlich leid. Vor allem, weil alle meine Bemühungen, mit euch zusammen zu kommen, immer erfolglos blieben – bis heute.«

Katharina schaut mich offensichtlich rat- und sprachlos an, – sagt aber nichts.

»Diese „unendliche Geschichte" ging weiter: Es häuften sich Anrufe im Büro, bei denen Sandra auf das Übelste beschimpft wurde. Ein persönliches Gespräch zwischen Sandra und Nicole, das die verschiedenen Standpunkte hätte erklären können, gab es zunächst nicht. Ich glaube, es war mein Vorschlag, dass sich deine Mutter mit Sandra unterhalten solle, es kann aber auch sein, dass Nicole Sandra um das Gespräch bat.«

»Das glaub' ich nicht,«, ächzt Katharina ungläubig, »DU hast ein Gespräch zwischen den beiden vermittelt?«

»Es war nicht unbedingt mein Verdienst«, erkläre ich rasch, aber ich habe alles unternommen, um so ein Gespräch möglich zu machen. Es ging schließlich um euch!«
»Die beiden trafen sich und führten ein langes und intensives Gespräch. Danach schrieb Nicole an Sandra

einen 18 Seiten langen Brief, in dem sie sich einerseits über mich und mein Verhalten beklagte, aber gleichzeitig betonte, wie sehr sie mich immer noch lieben würde und sie davon ausgehe, dass ich sicher das Gleiche empfände. Wenn du daran interessiert bist, kannst du diesen Brief, der immer noch vorhanden ist, lesen.«

Katharina schüttelt unmerklich den Kopf und ihr »Nein« ist kaum zu hören.

»Nicole hat diesen sehr emotionalen Brief unmittelbar nach dem erwähnten Gespräch geschrieben. Darin erklärt sie mehrfach, es sei Sandras Schuld, wenn du Katharina und dein damals noch ungeborener Bruder ohne Vater aufwachsen müssten und sie forderte Sandra eindringlich auf, sich nicht in eine im Grund funktionierende Beziehung zu drängen. Die Schwierigkeiten, die wir hätten, würden wir sicher noch gemeinsam bewältigen. Wenn sie, Sandra, aber an mir festhielte und es später irgendwelche schwerwiegende Probleme gäbe, könne sie erleben, dass ich sie „wie eine heiße Kartoffel" fallen lassen würde. Dann könne sie sich in die lange Reihe der von mir bereits unglücklich gemachten Frauen und Partnerinnen einreihen. Ich, euer Vater wäre lediglich meinen Trieben als „schwanzgesteuerter Mann in der Midlife-Crisis" gefolgt.
Sie appellierte an Sandra, sich zurückzuziehen, damit: > die Kinder in geordneten Verhältnissen aufwachsen können und nicht leiden müssen.«

Kennt Katharina die „Denke" ihrer Mutter wirklich?
Hätte sie ein anderes Bild von der Situation, wenn ihr der

Inhalt dieses Briefes bekannt wäre?
Hätte sie ein anderes Bild von mir? Von Sandra?
Von ihrer Mutter?
………..Hast du dich keinen Moment daran erinnert, dass
Joachim zu Hause eine Frau hat (die ihn liebt) und zwei
kleine Kinder, die auf ihn warten? 3 Menschen, die er
belügt wegen eines One-Night-Stands? Dass da sich, aus
gegebenem Anlass (Joachim hat bewusst jemanden
gesucht), mehr daraus entwickeln würde, hast du ja
auch nicht abschätzen können. Du hast also ganz
bewusst zugelassen, dass du in diese Beziehung
einbrichst. Und ich denke, dass du nicht so naiv bist und
sofort am ersten Abend gewusst (und geglaubt hast)
dass er dich liebt. Wie kann man nach einem ersten
intensiveren Treffen wissen, dass man ehrlich geliebt
wird, wenn man weiß, dass er in diesem Moment andere
belügt.……… Ich kann dir versichern, dass erst im letzten
¾ Jahr, letztes ganzes Jahr (?) es gekriselt hat. …….Bei
uns kam erschwerend hinzu, dass ich schwanger war.
Eine Schwangerschaft in der ich und wohl auch Joachim
gemerkt haben, dass wir beide wohl das Kind nicht so
recht wollten. Diese Situation an sich ist für eine
Beziehung an sich schon ein harter Prüfstein.

»Was blieb ihr denn anderes übrig, als die Frau, die ihr den Mann wegnehmen wollte, zu bekämpfen und zu hoffen, dass sie sich nicht zwischen euch beide drängt und verschwindet«, schreit Katharina mich förmlich an, während ihre Gesichtsfarbe zwischen weiß und rot changiert und sie stoßweise nach Luft ringt.» Sie hat um dich gekämpft, weil sie an uns dachte und weil sie dich damals vermutlich noch liebte.«

»KATHARINA«, und ich muss laut werden, um mir Gehör zu verschaffen. »Dieses Gespräch zwischen deiner Mutter und Sandra fand zu einem Zeitpunkt statt, als ich längst ausgezogen war, und nach allem, was bis dahin schon vorgefallen war, wurde eine Umkehr unmöglich.
Alleine der angedeutete und später von deiner Mutter immer wieder bestrittene Vorwurf eines angeblichen Missbrauchs war für mich der Beleg für das völlige Fehlen jeglichen Vertrauens in mich. Dieser Vorwurf war eine massive Drohung der ich, wenn sie ihn wiederholt hätte, nie hätte ausweichen können. Selbst wenn es zu einer amtlichen Untersuchung gekommen wäre, – etwas wäre immer an mir als vermeintlichem „Kinderschänder" hängen geblieben.
Ich hätte dir doch nie im Leben irgendetwas antun können.«

Dazu sagt Katharina nichts, schaut mir aber sehr intensiv ins Gesicht, als wolle sie diese Aussage auf ihre Richtigkeit prüfen.

»Weil Nicole mich nach meinem Auszug nur noch über ihre Anwältin „angesprochen" hat, musste ich ebenfalls mit einem Anwalt die gestellten Fragen beantworten und der riet mir dringend, mich von euch Kindern fernzuhalten oder nur bei ständiger Anwesenheit einer dritten Person mit euch zusammen zu kommen. Wörtlich riet er mir:

„Bleiben Sie da weg, sie können bei Wiederholung oder Vertiefung dieser Aussage ihrer Ex-Partnerin in eine Situation kommen, aus der Sie nicht mehr so ohne Weiteres herauskommen." Das ist der Grund, weshalb ich nicht mehr bereit war, mich mit euch a l l e i n e zu treffen oder den Versuch zu unternehmen, euch länger, zum Beispiel an einem Wochenende bei mir wohnen zu lassen.«

Katharinas ungläubiger Blick scheint sich zu verstärken, als ich ergänze: »Den Vorschlag, dass, wenn du oder Yannick bei mir seid, immer eine Drittperson anwesend ist, lehnte Nicole kategorisch ab, weil das nämlich Sandra gewesen wäre. Nicole blieb konsequent ablehnend und forderte: „Trenne dich von Sandra, dann siehst du auch die Kinder." Das empfand ich als Erpressung und habe es abgelehnt. Eine Einigung war leider nicht möglich.«

Ist es Fassungslosigkeit, Wut oder Enttäuschung? Ich kann den Blick meiner Tochter nicht deuten, aber spreche weiter, weil ich sonst vermutlich keine Gelegenheit mehr habe, aus „erster Hand" zu informieren, um dadurch endlich etwas zu bewegen.
»Es begann ein „Krieg" gegen mich, der darin bestand, dass man, ich war ja wieder Angestellter, meine Vorgesetzten immer wieder telefonisch oder per Brief ansprach und meine Beziehung zu Sandra offenlegte und darüber diskutieren wollte.
Franz, euer Großvater, verlangte von meinen Vorgesetzten, dass man wegen eines

„Abhängigkeitsverhältnisses" Sandra oder mich entlassen solle. In dem anonymen Brief an meinen unmittelbaren Vorgesetzten wurde mein Privatleben ausgebreitet und ich als mieser, schlechter Charakter bezeichnet, dem man auf keinen Fall trauen könne. Als dies keine Ergebnis brachte, wurde Sandra weiter und verstärkt mit anonymen und offenen Anrufen traktiert.«

»Was soll das«, zischt mir Katharina wütend entgegen. »Willst du meine Mutter schlecht machen, nur um dich in einem besseren Licht erscheinen zu lassen? «

»Nein Katharina, ich habe eine Menge Fehler gemacht und sehr spät diese Fehler begriffen. Glaub' es oder nicht, ich habe es bitter bereut. Es ist aber wichtig, dir und deinem Bruder die „andere Seite der Medaille" zu zeigen und zu erklären. Wenn ihr beide Seiten genau kennt, könnt ihr die Dinge beurteilen – und dann werde ich mich j e d e m Eurer Urteile beugen. «

»Das soll ich dir glauben«, schnauft sie, »du lügst doch wie gedruckt. Wenn du wirklich so ehrlich gewesen wärst, wie du jetzt hier erzählst, hättest du deine Unterhaltsverpflichtungen erfüllt und nicht, wie du es gemacht hast, uns einfach hängen gelassen.«

»Katharina, ich weiß ja nicht, welches Wissen du über meine Finanzen von deiner Mutter hattest und vielleicht noch hast. Aber solange ich Geld hatte, habe ich alles was zu bezahlen war, auch bezahlt. Es ist keinesfalls so, dass ich euch völlig mittellos alleine gelassen habe. Erst als meine Mittel aufgebraucht waren, musste ich zwangsläufig meine Zahlungen einstellen, weil ich einfach nichts mehr hatte, womit ich hätte zahlen können. Genau das habe ich Eurer Mutter auch erklärt, aber sie hat mir nicht geglaubt und mir unterstellt, dass ich Geld zurückhalte oder was auch eine Vermutung von ihr war, ich das Geld ins Ausland geschafft hätte. Wenn ich es gekonnt hätte, ich hätte gezahlt, – aber ich war pleite«.

»Du und pleite, aber großartig Urlaub machen, was weiß ich wo. Erzähl', dass irgendjemand aber nicht mir – du lügst doch schon wieder. «

Ich habe den Eindruck, als wolle Katharina den Tisch verlassen und versuche sie davon abzuhalten.

»Bitte geh' nicht Katharina, du solltest den Rest auch noch wissen, nicht als Entschuldigung, sondern als Erklärung–BITTE!«
Nach einem kurzen Moment denke ich weitersprechen zu können.
»Ich kann dir nur das sagen, was ich über mehrere Jahre versucht habe deiner Mutter klar zu machen: Es wurde von mir weder Geld verschoben, noch sonst irgendwie versteckt. Solange ich Geld hatte, habe ich bezahlt. Als von mir kein Geld mehr kam, hatte das nur einen einzigen Grund: Es war nichts mehr da, das ich hätte weitergeben können. So einfach ist die Sache.«

Mit Stirnrunzeln nimmt Katharina meine Aussage zur Kenntnis, schweigt zunächst und fügt nach einer kurzen Gedankenpause leise hinzu: »Dann erzähl' weiter, ich höre!«

Ich nicke zum Zeichen meiner Zustimmung Katharina zu und erkläre weiter:

»Als Leiter dieses Vertriebszentrums war es meine Aufgabe, die Mitarbeiter zum Erfolg zu führen. Das ist, wenn auch mit großem Kostenaufwand, nach und nach gelungen, weil einige wirklich professionelle Handelsvertreter dabei waren, die einen guten Job machten. Einer dieser Mitarbeiter fragte mich eines Tages, ob es mir nicht unangenehm sei, so viele Steuern zu zahlen, nachdem ich – ich war in der Zwischenzeit von Doris geschieden worden – nach Steuerklasse "Eins" besteuert würde.«

»Und?« reagiert Katharina »War es dir unangenehm, hast du etwas unternommen, um deine Steuern zu reduzieren? Dann hättest du ja die Kohle gehabt, um uns zu unterstützen!«

»Wer will das nicht?« beantworte ich ihre rhetorische Frage, ohne schon an dieser Stelle auf die Konsequenzen dieser „Aktion" hinzuweisen. »Ich ließ mich darauf ein, dass er mich mit seinen Mandanten – es waren Anlagen- und Steuerberater - in Verbindung brachte. Damals gab es in den neuen Bundesländern jede Menge Immobilien zu kaufen und die versprachen ein riesiges Geschäft, – dachte ich. Es wäre eine Super-Altersvorsorge geworden, weil ich wegen meiner Selbstständigkeit nicht mehr in die Altersversorgung eingezahlt hatte und eine Immobilie normaler Weise eine vernünftige Rendite auch auf lange Laufzeiten versprach.

Meine Idee war, solange ich lebe, den Ertrag aus den Immobilien für mich selbst als Rente, später an euch Kinder, Sebastian, dich und Yannick zu vererben.«

»Ach, wie uneigennützig« kommentiert Katharina ironisch mein Vorhaben, um zu ergänzen: »das hast du aber doch selbst nicht geglaubt oder willst du mir jetzt erzählen, dass du bei deinen „Investitionen" an Yannick und mich gedacht hättest?!«

»Doch Katherina«, antworte ich etwas zu laut und sie zuckt wegen meiner heftigen Reaktion auf ihrem Stuhl zurück, »genau, das war meine Absicht und dieses Vorhaben habe ich vergeblich versucht, eurer Mutter klar zu machen, nachdem sich die Dinge anders entwickelten, als ich sie mir vorstellte.«

»Na, dann bin ich jetzt aber gespannt, warum dein Plan nicht aufging«, erwidert sie und lehnt sich mit gönnerhafter Miene auf ihrem Stuhl zurück.

»Was ich nicht wusste und zu spät bemerkte, war, dass es sich bei den Anlageberatern um Betrüger handelte, die sogenannte Schrottimmobilien aufkauften, angeblich sanierten und mit Gewinn an den Mann brachten. Ich war einer von denen, der wie andere diese Immobilien auf Kredit kaufte. Es wurde – nicht nur mir – suggeriert, dass die Mieteinnahmen garantiert sind und keinerlei Risiko bestand. So kaufte ich die erste Immobilie, – die Bank finanzierte zu hundertundzehn Prozent, den über hundert Prozent hinaus gehenden Teil erhielt ich als „Cash-Back" bar ausgezahlt, solche Modelle gibt es tatsächlich. Wegen des Aufbaus der „neuen Bundesländer" herrschte eine regelrechte „Goldgräberstimmung" und die Banken verteilten in nie gekannter Großzügigkeit Kredite.«

»Und da hat der schlaue Herr Makler sich gedacht: „Schneid' ich mir doch auch ein großes Stück von dem Kuchen ab",« deutet Tochter Katharina meine Bemühungen sarkastisch.

Ich gehe auf diese Bemerkung nicht ein und fahre mit meiner Beschreibung dessen, was ich unternommen habe, fort: »Man bot mir eine weitere Immobilie an. Ich war solvent, hatte einen gesicherten Job in einer sicheren Branche. Die beteiligten Banken und Anleger handelten wie im Rausch. Durch die Grenzöffnung waren scheinbar regelrechte Goldminen freigelegt worden, die anscheinend nur darauf warteten, dass man sich bediente. Man musste lediglich die Finanzierungsunterklagen vorlegen. Die haben die Anlageberater „aufbereitet". Man brauchte noch nicht einmal persönlich bei den Banken zu erscheinen, die Anlageberater erledigten alles, quasi „automatisch". Was ich nicht wusste, die Anlage- und Steuerberater hatten meine vorgelegte Steuererklärung gefälscht, frisiert und mich als potenziellen hauptberuflichen Immobilienanleger den Banken präsentiert, die daraufhin Immobilie um Immobilie an mich „verkauften" und entsprechendes Cash-Back ausspuckten.
Zeitweilig waren mehr als eine Million DM auf meinem Konto – was wollte ich mehr.«

»Wow« räuspert sich Katharina,» hat Mama doch recht gehabt, dass du „Kohle en masse" hattest und dabei geizig wie Dagobert Duck warst, – wenn es um uns ging.«

»Katharina« versuche ich das vorhandene Vorurteil zu beseitigen. »Das Erwachen kam zögerlich und Stück für Stück, weil sich bei den Objekten nach einiger Zeit herausstellte, dass keine entsprechenden Einnahmen zur Deckung von Zins und Tilgung vorhanden waren. Meine Bedenken zerstreuten die „Berater" mit „zeitweiligem Leerstand der Wohnungen", der immer wieder einmal vorkam und um den sich die Hausverwaltungen kümmern – ich selbst hatte bis dahin keinerlei Erfahrung oder Wissen im Immobiliengeschäft, mein Vertrauen in die Anlage- und Steuerberater war naiv grenzenlos. Ich habe so lange aus meinem „Kapital" die Fehlsummen ausgeglichen, bis nichts mehr da war und kam schließlich in die Lage, dass man zur Deckung der fehlenden Einnahmen mein Einkommen pfänden wollte und mein Job anfing zu wackeln.«

»Aber du hattest doch Geld und hast gezahlt,«, wundert sie sich, »was hast du mit dem vielen Geld angestellt? Hast du es ins Ausland verschoben?«, mit tiefem, strengen Blick.

»Dazu« antworte ich geradezu erleichtert, »dazu, Tochter fehlt deinem Vater die notwendige „kriminelle Energie".«

Über Katharinas Gesicht scheint so etwas wie ein verstecktes oder unterdrücktes Lächeln zu huschen.

Ihr Erzeuger ist offenbar nicht kriminell veranlagt.

»Deine Mutter hatte dank ihrer wirklich sehr cleveren Anwältin nicht nur die Unterhaltszahlungen eingeklagt, sondern auch aufgrund eines damals neuen Gesetzes erreicht, dass ich, weil Nicole und ich einige Zeit wie ein Ehepaar gelebt hatten, einen Ausgleich von 60.000 DM an Nicole zahlen musste. Diese Zahlung habe ich aus dem zunächst noch reichlich vorhandenen Kapital beglichen, weil ich diese Anwältin bereits fürchten gelernt hatte. Später musste ich die Anwältin nicht mehr zu fürchten, weil mir ALLES weggepfändet worden war, und man, wie das Sprichwort sagt, einem „nackten Mann" nichts mehr aus der Tasche ziehen konnte.«

Den sich mir jetzt bietenden Gesichtsausdruck meiner Tochter kann ich nicht genau deuten – es ist eine Mischung aus Sarkasmus und gleichzeitig von einer Art Schadenfreude oder so etwas Ähnliches, weil trotz der dahinter stehenden Tragik die Sache nicht ohne eine gewisse Komik ist. Zwei Erwachsene beharren wie Kleinkinder auf ihren Positionen – „Du hast Geld, – nein, ich habe kein Geld" und es führt kein Weg aus diesem Dilemma.

»Weil es sich um ein bundesweit groß angelegtes Betrugsmanöver von Investitionsbetrüger handelte, denen, wie ich einige „auf den Leim gegangen sind", kam es zu einem Prozess gegen die Anlageberater und den Steuerberater, nachdem das Betrugssystem aufgeflogen war. Einer, der wie ich in diese Sache involviert und mittellos wurde, sprang von einem Hochhaus in

Düsseldorf. Einige Male war auch ich nahe dran, mein Auto, das ich damals noch besaß, gegen einen Betonpfeiler oder ein anderes festes Hindernis zu lenken, damit der Druck, der aus vielen Seiten auf mich ausgeübt wurde, endlich aufhört.
Nur der Gedanke an Sebastian und euch beide hat mich davon abgehalten, diesen Weg zu gehen, – außerdem war ich vermutlich zu feige dafür.

»Hör' auf, um Mitleid zu betteln«, hält Katharina auf die letzten Sätze dagegen. »Dir ging es doch viel zu gut, als dass du zu diesem Schritt bereit gewesen wärst. Du hast „deine Schäfchen ins Trockene gebracht" und dich nicht mehr um den Rest gekümmert,« und blickt demonstrativ weg von mir.

»Ich bettele nicht um Mitleid«, antworte ich bitter, »es geht um Verstehen und dadurch bedingtes Verständnis, um das ich kämpfe«, füge ich hinzu und weiter »ich denke, dass ich wie jeder andere der Fehler gemacht hat, auf ein gewisses Maß von Vergebung hoffen darf – das wird selbst Verbrechern gewährt – und ich bin KEIN Verbrecher.«

»Das behauptet auch niemand«, tönt es von ihrer Seite, worauf ich frage: »Bist Du sicher?«, was Katharina mit Schweigen quittiert.

Für einen Augenblick ist es sehr still an unserem Tisch. Wir sitzen uns schweigend gegenüber. Das gedämpfte Sprachengemurmel der übrigen Kaffeehausgäste und das klappern von Geschirr und Porzellan sind die einzigen

Geräusche, die im Raum wahrnehmbar sind. Es muss gerade eine "volle Stunde" sein, man hört draußen eine Turmuhr schlagen - vom Dom? Nach einigen Augenblicken des Innehaltens blicke ich kurz zu Katharina und rede weiter:

»Die für diesen Fall zuständige Staatsanwältin bestätigte bei meiner Vernehmung, dass diese Betrüger so raffiniert vorgegangen sind, dass niemand den Betrug ohne Weiteres hätte durchschauen, allenfalls ahnen können. Deshalb wurde ich bei der Gerichtsverhandlung nur zu einem Verwarnungsgeld verurteilt, was ich wie die vielen anderen Zahlungsverpflichtungen nur abstottern konnte. Als ich eure Unterstützung mangels Masse nicht mehr erfüllen konnte und keinen Unterhalt überwiesen habe, erfolgte eine polizeiliche Durchsuchung meines Appartements, die von Nicole und ihrem Vater, der ja auch Polizist ist oder war, durchgesetzt wurde.«

Montagmorgen, ca. 06:30 h. Es klingelt „Sturm" und ich falle förmlich aus dem Bett, so heftig ist das Klingeln. Ich taumle schlaftrunken an die Sprechanlage und melde mich: „Hallo?" »Hier ist die Polizei, bitte öffnen Sie die Tür«.

Mein Herz fängt an, wie rasend zu schlagen. Polizei? Was ist passiert? Ist was mit Sebastian? Ist sonst jemanden irgendetwas zugestoßen?

Das Appartement liegt im ersten Obergeschoß und ich höre im Treppenhaus feste Tritte, die sich nähern, – es klopft heftig an der Tür, gleichzeitig klingelt es, weil auch an der Wohnungstür geklingelt wird.

Als ich öffne, sehe ich einige Uniformierte vor der Tür stehen, einer hält mir ein Schriftstück vor das Gesicht und fordert Einlass in die Wohnung. Was soll ich da sagen, ich trete wortlos zurück und frage: Was ist denn los? Was wollen Sie von mir?

Das ist ein Durchsuchungsbeschluss wegen unterlassener Unterhaltszahlungen. Es wird geprüft, warum Sie diese Unterhaltsverpflichtungen nicht erfüllt haben.

Wo sind Ihre Unterlagen, insbesondere sämtliche Unterlagen Ihrer Konten. Moment darf ich mir den Beschluss erst einmal ansehen? Der Polizist gibt mir das Papier und Ich versuche zu erfassen, was das überhaupt bedeutet »Wissen Sie, ich habe so etwas noch nie erlebt und habe keine Vorstellung, wie es jetzt weitergeht. Ich möchte jetzt meinen Anwalt anrufen und bitte Sie, sich einen Moment zu gedulden, ehe Sie mit Ihrer Durchsuchung beginnen«.

»Sie können selbstverständlich Ihren Anwalt anrufen, aber wir fangen schon einmal mit unserer Arbeit an«, worauf die anderen Polizisten es sind insgesamt vier davon in dem kleinen Appartement versammelt, anfangen Schränke und Schubladen zu inspizieren und die vorhandene Abstellkammer, in der sich neben den Reinigungssachen auch eine Menge von Aktenordnern mit meinen Geschäfts- und Privatunterlagen befinden, zu untersuchen. Ich habe die Privatnummer des Anwaltes im Kopf und kann ihm sofort die Situation schildern. Er fordert mich auf, ruhig zu bleiben, die Beamten in ihrer Arbeit nicht zu behindern und alles, wonach sie fragen, auszuhändigen, aber ansonsten in der Sache keinerlei Aussagen zu machen, wirklich keine. Der Anwalt will mit dem „Leiter der Aktion" sprechen, ich übergebe den Hörer und die

beiden führen ein kurzes Intensives, aber ruhiges Gespräch, danach wandert der Hörer wieder zu mir. Nach der erneuten Aufforderung kooperativ, aber schweigsam zu sein, beende ich das Telefonat und frage die Beamten: »Was suchen Sie denn eigentlich? Wenn Sie mir sagen, wonach Sie suchen, kann ich Ihnen vielleicht helfen, dass Sie nicht suchen müssen.«

» Wo haben Sie die Unterlagen über Ihre Konten und wo sind die Auszüge«, kommt es zackig.
»Moment«, und ich greife den Kontenauszugsordner, der auf dem Regal in der Abstellkammer ganz vorne steht und reiche ihn an den Beamten.
»Gut, und haben Sie noch andere Bankverbindungen und entsprechende Kontoauszüge.«
»Nein, ich habe nur ein Konto, das von der Sparkasse, sonst gibt es kein Konto.«
»Wirklich? Kein anderes Konto?«
»Nein, ich habe nur das Konto bei der Sparkasse, darüber wickele ich alles ab, was an Bankverkehr bei mir stattfindet. Mein Gehalt, genauso wie die Miete, Telefon, Versicherung usw.. sonst, gibt es kein Konto«.
Der Beamte schaut mich zweifelnd an und fragt noch einmal: »Sonst gibt es kein Konto?

Nein, antworte ich ruhig«, – weil es ja wirklich kein weiteres Konto gibt.
Das Konto, auf das die Cash-Back-Geldern aus den Immobiliengeschäften geflossen war, war längst aufgelöst, weil die Gelder zur Deckung der bis dahin gestellten Forderungen verbraucht wurde und danach

löschte die Bank das Konto. Seltsamerweise interessierten sich die Beamten nicht für die Aktenordner, in denen neben meinen persönlichen Papieren wie Zeugnissen, Arbeitsverträgen, Gehaltsabrechnungen vor allem die gesamten Immobilienbewegungen fein säuberlich einsortiert waren.

Dort hätten sie auch die Forderungen, die die Banken an mich stellten, aufgefunden – ihr Interesse galt aber ausschließlich meinen Konten, von denen aber nur dieses eine existierte.

»Wozu nutzen Sie den Computer«, fragt man mich.

»Damit bearbeite ich meine Mails«, antworte ich wahrheitsgemäß.

»Betreiben Sie auch „Online-Banking"?«

»Nein, mache ich nicht«.

»OK, wir nehmen den Computer und ihre Bankauszüge mit, natürlich erhalten Sie eine Quittung. Wenn wir das alles überprüft haben, erhalten Sie die Dinge wieder zurück«.   »Aber ich brauche den Computer doch auch beruflich«.

»Tut uns leid, in vier bis sechs Wochen kriegen Sie alles zurück«.

Nach drei Monaten bekam ich den Rechner, den die Beamten nach einer knappen halben Stunde, nachdem sie mich aus dem Bett geworfen hatten, zu ihrem Fahrzeug trugen, zurück

Das, was sie suchten, fanden sie nicht, – konnten Sie nicht finden, weil es nichts zu finden gab.

»Diese erste Durchsuchung war erfolglos, ebenso eine spätere, ebenfalls von Nicole veranlasste Hausdurchsuchung. Sie hat einen an mich gerichteten Brief, der versehentlich an meine alte Anschrift, ihre Anschrift gegangen ist, unterschlagen, gelesen und deshalb Reichtümer bei mir vermutet. Sie glaubt vermutlich bis heute, dass ich über Millionenwerte verfüge und verhält sich entsprechend.
Bilder, die ich besaß, versuchte ich zu verkaufen - ohne Erfolg, weil Kunst nur dann gut zu veräußern ist, wenn du es nicht nötig hast, auf den Verkaufserlös angewiesen zu sein – eine Binsenweisheit, die ich dadurch begriffen habe.«

Katharina blickt mich stumm mit verkniffenem Mund an und ich kann nur vermuten, was jetzt in ihrem Kopf vorgeht. Mir ist klar, dass ich derjenige bin, der das Bild, das sie von ihrer Mutter hat, demontiere. Ich würde meine Mutter auch verteidigen, wenn man sie beschuldigt.

»Katharina, ich will mich jetzt und hier nicht freisprechen. Du, ihr sollt lediglich von MIR hören, was ich machen konnte und was nicht.«

»Ich weiß nicht, ob ich mir das anhören soll, ich weiß nicht, wie lange ich das ertrage«, knurrt sie mir entgegen.

»Bitte Katharina, gib' uns die Chance, lass mich zu Ende erzählen.«

Sie antwortet darauf nicht und nach einem kurzen durchatmen spreche ich wieder:

»Ein Polizist, den ich auch privat kenne, und der die Anzeige, die zu einer weiteren Hausdurchsuchung bei mir führte, aufgenommen hatte, zeigte sich mehr als erstaunt darüber, dass nach der ersten und erfolglos verlaufenen Durchsuchung eine erneute mit der gleichen Begründung stattfinden solle. Da bist du in eine ziemlich böse Falle geraten, erklärte er mir in einem privaten späteren Gespräch, das wir führten, als wir uns in der Stadt einmal zufällig trafen. Er hielt sich allerdings mit Details auffallend zurück.
Nicole, eure Mutter hatte den Verdacht geäußert, dass ich Vermögenswerte ins Ausland geschafft hätte und mithilfe ihrer Anwältin darauf bestanden, eine Durchsuchung mit dem Ziel, entsprechende Beweise zu finden, durchzuführen. Es wurde nichts gefunden, – es gab und gibt keine Auslandskonten, – ich war pleite.«

Offensichtlich genervt reagiert Katharina mit »Das habe ich verstanden« auf diese Aussage und ergänzt: »Du hast es heute schon oft genug erwähnt.«

»Wenn man in Deutschland zahlungsunfähig ist, muss man seine kompletten Vermögensverhältnisse offenlegen und dann vor einem Vollzugsbeamten, in meinem Fall war das ein Obergerichtsvollzieher, eine "Eidesstattliche Erklärung" dazu abgeben. Man wird dann in einem öffentlichen einsehbaren Verzeichnis eingetragen, sodass jeder, der ein berechtigtes Interesse hat, zum Beispiel Banken oder Firmen, bei denen ich etwas gegen

Ratenzahlung kaufen möchte, erkennen kann, dass ich wirtschaftlich nicht solide bin. Selbst der Wechsel des Providers meines Handys zu einem kostengünstigeren Anbieter ist dadurch kaum noch möglich.

Diese wichtige Information gab ich sofort der Anwältin, die Eure Mutter mit der Wahrnehmung Eurer Rechte beauftragt hat, weiter. Unmittelbar danach hat Nicole einen Prozess gegen mich wegen verweigerter Unterhaltszahlungen angestrengt. In der Anklageschrift wurde mir sogar vorgehalten, dass ich meine Angestelltentätigkeit zu Gunsten einer wirtschaftlich wesentlich schlechteren Selbstständigkeit aufgegeben hätte. Dass Nicole durch ihre Kontakte zu meinem Arbeitgeber und ihrer Beschreibung meiner angeblichen Haltung zu ihr und euch verbunden mit den Pfändungen ein wesentlicher Grund für meine Kündigung war, kam natürlich im Prozess auch zur Sprache und ich wurde vermutlich auch deshalb nicht verurteilt. Das Gericht erkannte meine Zahlungsunfähigkeit und honorierte meinen Zahlungswillen.«

Katharina hört aufmerksam und konzentriert zu, kommentiert aber nichts und zeigt auch sonst keinerlei Reaktionen.

»Auch das Jugendamt wurde von deiner Mutter über meine „Boshaftigkeiten" und Zahlungsverweigerungen informiert und es hat lange gedauert, bis ich anhand der Zahlen nach zahllosen Mahnbescheiden und Pfändungen nachweisen konnte, dass ich nicht zahlen kann, – aber zahlungswillig bin.«

Das Jugendamt der Stadt forderte mich ultimativ auf, die festgesetzten Zahlungen nicht weiter zu verweigern und verwies auf die drohenden Rechtsfolgen, die nicht unerheblich sind. Nachdem ich mehrfach erfolglos schriftlich auf meine Zahlungsunfähigkeit hingewiesen hatte, wurden die Drohungen des Amtes immer massiver und ich dachte, dass es sinnvoll sei, persönlich dort vorzusprechen, um eine Klärung und vor allem Beruhigung der Sachlage zu erreichen. Der telefonischen Terminvereinbarung folgte kurze Zeit später ein Gespräch mit der zuständigen Sachbearbeiterin im Jugendamt.
Nachdem ich sämtliche Unterlagen vorgelegt und auch über das Ergebnis der Durchsuchung hingewiesen hatte, war der Sachbearbeiterin klar, dass ich die gegen mich erwirkten Zahlungstitel nicht bedienen, nicht bezahlen konnte. Mein finanzieller Spielraum reichte nicht einmal über die sogenannten Freigrenzen, die jedem Schuldner zustehen hinaus, sodass ich, wenn ich versucht hätte, die Verpflichtung zu erfüllen, selbst nicht mehr lebensfähig gewesen wäre. Nach dieser „amtlichen" Erkenntnis erklärte mir die Sachbearbeiterin, dass sie ein völlig anderes Bild von mir gehabt hätte. Man habe mich als jemand geschildert, der die Zahlungen aus reinem Egoismus und Boshaftigkeit verweigere. Sie verabschiedete mich mit den Worten: „Zum Glück ist das jetzt geklärt und ich denke, wir werden weiter im

Gespräch bleiben, um die Sache zu aller Zufriedenheit zu Ende zu bringen."

»Sämtliche Zahlungen, die das Jugendamt an euch überwiesen hat, weil ich damals nicht zahlen konnte, werden jetzt von mir beglichen.«

»Was?«,erschrickt Katharina »seit wann?« Ihr Blick dokumentiert die Überraschung über diese für sie offensichtliche Neuigkeit aus.

»So, wie es die Rechtslage vorschreibt, wurde ich in Regress genommen und seitdem zahle ich diese Schulden bei den Ämtern in monatlichen Raten zurück – bis heute! Jede Überweisung der Ämter an euch oder Nicole muss von mir zurückgezahlt werden – ich habe vermutlich bis an mein Lebensende damit zu tun.«
»Na ja, wenn ich mir das genau überlege, ist das aber auch das Mindeste«, platzt es aus Katharina heraus, »was du zu tun hast. Immerhin haben die Ämter deine Verpflichtungen übernommen und du musst für das, für das du Verantwortung trägst, auch eingestehen. «

»Das tue ich auch Katharina und zwar uneingeschränkt!«

Erneut halte ich kurz inne, damit dich das Gesagte „setzen kann" und breite meine Gedanken weiter vor Katharina aus: »Was dann folgte, war Abstieg und mein wirtschaftliches Ende.
Als Leiter der neuen Vertriebsstelle geriet ich zunehmend unter Druck, weil meine Mitarbeiter zwar erfolgreich arbeiteten, aber dem Firmeninhaber die dafür anfallenden Kosten – Büro und Personal – zu hoch waren.

Außerdem wurde diese neu entstandene Organisation für seine angestellten Mitarbeiter sowie seine anderen freiberuflichen Partner zu einer ernsthaften Konkurrenz. Als die Firma an einen Mitbewerber, einen Großkonzern verkauft wurde, hat man die von mir aufgebaute Vertriebsorganisation und meine Mitarbeiter als eine interne Konkurrenz betrachtet. Die Entscheidung, diese Vertriebsform nicht weiterzuführen, bedeutete das Ende meiner bis dahin scheinbar sicheren Anstellung.«

Diese für mich einschneidende berufliche Konsequenz animiert Katharina zu einem ironischen „Shit Happens". Mir schießt kurz die Frage durch den Kopf, ob sie sich über die Konsequenzen für alle im Klaren ist.

»So, wie ich dich einschätze«, folgert sie »hast du dich aus der Lage erfolgreich befreit« und unterdrückt ihr Grinsen nicht.

Ich ignoriere das nach meiner Empfindung despektierliche Grinsen und antworte so ruhig, wie es mir möglich ist:

»Es standen mir zwei Möglichkeiten zur Auswahl: Entweder bei einem anderen Betrieb als „freier Mitarbeiter, das bedeutete ohne festes Einkommen und bei alleinigem Erfolgsrisiko mit voller Belastung wie Krankenversicherung, Büro- und Personalkosten und allen sonst noch anfallenden Kosten einzusteigen. Meine alten Mandanten waren ja durch die Aufgabe meines Betriebes für mich nicht mehr erreichbar, ich hätte mit weniger als "Null" anfangen müssen, das war mir ein zu großes Risiko.

Oder ich musste die verbliebene zweite Option wahrnehmen und auf dem Arbeitsmarkt nach einer entsprechend attraktiven Tätigkeit natürlich länger suchen.«

»Wusste ich es doch«, reagiert Katharina, »du mogelst dich immer wieder durch, bist halt' ein Fuchs« und der Spott ist unüberhörbar.

»Das, was du „durchmogeln" nennst, war für mich der Kampf um meine Existenz. Ich vermute, dass meine „Vorgeschichte", die Einwirkungen auf meinen Arbeitgeber, meine Verhandlungen über eine Weiterbeschäftigung innerhalb der Firma entscheidend gestört haben. Es ist mir nicht gelungen, mit dem bisherigen Arbeitgeber eine Vertragsverlängerung und Beschäftigung in einem anderen Bereich zu erreichen. Der Weg auf den Arbeitsmarkt, also arbeitssuchend bei der Agentur für Arbeit melden und auf Vermittlung hoffen, blieb am Ende als einzig gangbarer Weg, vor allem, weil ich dadurch, wenn ich nicht sofort etwas fand, Arbeitslosengeld erhalten konnte, was bei einer „Selbstständigkeit" nicht der Fall gewesen wäre.«

»Ja ja, Mama, Opa und Opa sind auch daran schuld«, wird meine Schilderung interpretiert.

»Katharina, ich betreibe keine Schuldzuweisung. Ich schildere, wie ich das erlebt und empfunden habe. Wenn du weiter zuhörst, wirst du mich vielleicht am Ende verstehen. OK?«

Nach Ihrem kurzen »Na gut« mache ich weiter.

»Weil ich zum Teil sehr heftig von Nicoles Anwältin
wegen der Unterhaltszahlungen angegangen wurde, habe
ich ihr ordnungsgemäß die Veränderung meiner Arbeit
und dass ich künftig Arbeitslosengeld beziehen werde,
mitgeteilt. Damit habe ich im Vorfeld versucht, eine
Klärung im Sinne einer Reduzierung der monatlichen
Zahlung von mehr als fünfhundert Euro für euch beide zu
erreichen. Bisher musste ich mit einem monatlichen
Bruttoeinkommen von ca. zweitausend Euro alle Kosten
inkl. meiner Unterhaltsverpflichtungen euch gegenüber
bestreiten. Das Arbeitslosengeld betrug nur etwa die
Hälfte dessen, was mir sonst zur Verfügung stand.
Meine Hoffnung war, dass mit der veränderten Lage auch
meine Zahlungsverpflichtung reduziert werden könnte.
Bei gleichbleibender Unterhaltsverpflichtung wären mir
monatlich etwa vierhundert Euro für Miete,
Krankenversicherung, Strom, Heizung und Telefon
verblieben, ohne das, was man als Lebenshaltungskosten
benötigt.«

Außer einem jetzt nachdenklichen
Gesichtsausdruck, kann ich bei meinem „Vis-à-vis" keine
Wirkung zu dieser Schilderung meiner Situation
erkennen.

»Nach meiner Information an die Anwältin reichte eure
Mutter beim Arbeitsamt einen Widerspruch gegen die
Auszahlung des Arbeitslosengeldes an mich ein. Zu
meinem Glück wurde dieser Widerspruch von der
Widerspruchsstelle des Arbeitsamtes abgelehnt, weil

„trotz Aufforderung kein relevantes Widerspruchsvorbringen seitens der Klägerin" einging, wie es in Juristendeutsch vom Arbeitsamt geschildert und begründet wurde. Die Forderungen blieben natürlich bestehen und häuften mit den wachsenden Forderungen der Banken wegen der Immobilien meinen Schuldenberg weiter an.«

Katharina hört sich meine Schilderung schweigend an, atmet mehrmals tief durch und meint dann in sarkastischem Ton: »Mir kommen gleich die Tränen, wenn ich höre, wie schlecht es dir gegangen ist. Bist du sicher, dass du die Wahrheit gesagt hast? Denkst du, dass ich dir das glaube? Du hast damals gelogen und lügst jetzt schon wieder schamlos mit der Wiederholung deiner alten Lügen.«

»Katharina, ich kann dir nur schildern, wie es war, und, du wirst es vielleicht nicht glauben. Alles, was ich dir hier erzähle, ist, wie man sagt, aktenkundig. Lass dir von deiner Mutter den Schriftverkehr, wenn er bei ihr noch vorhanden ist, zeigen. Du kannst aber auch gerne in meinen vorhandenen Unterlagen prüfen, ob ich dir die Wahrheit sage oder dich anlüge.
Im Übrigen ist dir vermutlich bekannt, dass ich durch Ausbildung und Beruf etwas juristisch vorgebildet bin. Mir ist klar was passiert, wenn ich wissentlich falsche Angaben bei Behörden mache.
Ich habe nichts verheimlicht und außerdem wollte ich irgendwann wieder „normal" leben, was mit einer Vorstrafe unmöglich gewesen wäre.«

»Du versuchst dich immer und überall vor der Verantwortung zu drücken«, wirft mir Katharina entrüstet vor. »Du findest meistens einen Weg, um dich durchzumogeln und in meinen Augen beherrschst du dies bis heute perfekt. Auch jetzt habe ich das Gefühl, dass du wieder versuchst, mir etwas vorzugaukeln.«

»Schade Katharina, ich hatte gehofft, dass du zumindest versuchst zu erkennen, worin die Unterschiede zwischen den Schilderungen deiner Mutter und meinen Erzählungen liegen. Versuche bitte bis zu Ende zuzuhören. Vielleicht hast du dann die Infos, die du für ein komplettes und vor allem gerechtes Urteil über mein Handeln brauchst.«

»Ja, dann erzähle mir endlich die Wahrheit, nicht nur deine Sichtweise. Das erwarte ich von dir.«

»Auch wenn ich mich wiederhole, – nichts anderes versuche ich die ganze Zeit. Lass mich dir erklären, wie es weiterging. In Ordnung?«

Das angedeutete Kopfnicken lässt mich fortfahren

»Jedem ist klar, wie schwer es in meinem Alter war, eine passende Anstellung zu finden. Ich hoffte, dass meine bisherigen belegten Erfolge mich vor einer längeren Arbeitslosigkeit bewahren würden.
Vom „Arbeitsamt" erwartete ich keine vernünftigen Alternativen, weshalb ich selbst intensiv nach einer neuen Tätigkeit suchte. Es gelang mir eine Anstellung finden und mich mit der Vermittlung von Verträgen zur Altersvorsorge für Journalisten einigermaßen über

Wasser halten.

Dort wurde mir ein Firmenfahrzeug zur Verfügung gestellt, ein eigenes Auto hatte ich schon lange nicht mehr. Der Leasingvertrag meines Autos wurde als Folge der Gehaltspfändungen aufgelöst und verursachte weitere, nicht unerhebliche Zahlungsforderungen an mich, weil er vor dem regulären Ablauf durch „meine Schuld" aufgehoben werden musste. Auch zu dem neuen Arbeitgeber nahm eure Mutter Kontakt auf. Die Beschuldigungen wurden wiederholt und ich musste dem Chef Rede und Antwort stehen. Wie sich das auf das Arbeitsklima auswirkte, kannst du dir sicher vorstellen.«

»Hör' auf zu jammern, du hast dir das doch alles selbst eingebrockt«, wirft sie mir mit einem Gesichtsausdruck entgegen, aus dem ihre Verachtung und ihr Hass gegen mich unverhohlen zu erkennen sind.

»Katharina, ich jammere nicht, das habe ich längst überwunden. Ich versuche lediglich dir einen Überblick über mein damaliges Leben zu verschaffen, damit du mein Lage erkennst.«

Der Dialog zwischen meiner Tochter und mir verlief zum Glück bisher relativ ruhig. Katharina ist stellenweise emotional zwar sehr bewegt, aber ich bemerke gleichzeitig ihr Bemühen, möglichst rational Fakten zu erkennen. Es scheint, als würde sie versuchen, die mit den Problemen auftretenden Gefühlslagen wegen einer besseren Beurteilung möglichst außer Acht zu lassen. Erkenne ich mich in meiner Tochter oder ist es eine väterliche Selbsttäuschung durch Überschätzung?

Darüber muss ich später nachdenken. Jetzt versuche ich erst einmal, ihr meine Lage zu veranschaulichen:

»Durch die Forderungen der Banken wegen der „in Not geratenen" Immobilienfinanzierungen wurde ich mit immer höheren Zahlungsaufforderungen konfrontiert. Die Lohn- und Gehaltspfändungen hörten nicht auf. Das durch die „persönlichen Informationen" belastete Arbeitsverhältnis wurde für beide Seiten unerträglich. Mein Angestelltenvertrag wurde aufgelöst und ich versuchte notgedrungen als selbstständiger Makler zu arbeiten.

Es gelang mir, Mitglied eines größeren Maklerverbandes zu werden, der gegen die Verpflichtung, entsprechende Geschäfte zu erwirtschaften, mir ein monatliches Einkommen garantierte. Damit wurde ich die Forderungen der Banken auch nicht los, was in der Folge bloß ein Verschieben der von den Banken gestellten Forderungen war und erfolgreiches Arbeiten auch dort zusätzlich erschwerte«

»Unglaublich, wie du dich immer wieder aus der Schlinge ziehst und es schaffst, dich deiner Verantwortung zu entziehen«, schnauft es mir entgegen.

»Ich weiß nicht, ob du dir vorstellen kannst, wie ich mich gefühlt habe. Zum einen fand ich fast täglich die gefürchteten „gelben Briefe" im Briefkasten mit immer höher werdenden Forderungen. Zum anderen die tägliche Forderung nach Umsätzen, dass ich mein Gehalt auch wirklich verdiente und die Tatsache, dass ich abends nicht zu einer meiner Familie kommen konnte, um dort Kraft zu schöpfen. Meist hockte ich alleine in meinem

Appartement, weil mir für Hobbys oder zum Ausgehen die Mittel fehlten.
Der Druck wurde unerträglich, es blieb schließlich keine andere Wahl, als Privatinsolvenz anzumelden.
Die private Altersversorgung, in die ich viel Geld eingezahlt hatte, war futsch, die Immobilien wurden zwangsversteigert und in der Lage und bei meinem Alter einen gut dotierten Arbeitsvertrag zu erhalten, war fast ausgeschlossen.
Die Schuldnerberatung sah keinen anderen Weg, als mir zu empfehlen, die vorgezogene Altersrente zu beziehen. Die ist aufgrund der geringen Höhe nicht pfändbar und gestattete mir zumindest für die Zukunft eine sehr bescheidene Lebensführung.«

Katharina hatte schweigend zugehört, – ich war erstaunt, dass sie einfach nur schwieg. Jetzt aber rauschte es aus ihr wie ein Wasserfall heraus: »Du lügst wie gedruckt, du erzählst mir hier, wie schlecht es dir geht und in Wirklichkeit bist du die ganze Zeit in Urlaub gefahren und hast dort wahrscheinlich das gebunkerte Geld verballert. Wir waren dir doch immer egal. Du kotzt mich an mit deinen Lügen, meine Mutter hat doch recht, wenn sie sagt, dass du mit schönen Worten deine Lügen vertuschen willst.«

»Mensch Katharina die Insolvenzsumme, um die es ging, betrug mehr als zwölf Millionen DM. Glaubst du, ich hätte mich bei der Summe auch nur einen Meter unbeobachtet ins Ausland begeben können? Das nächstliegende wäre Luxemburg oder Österreich gewesen. Wenn ich dort etwas versteckt – gebunkert – hätte, wäre ich entweder vor Ort, spätestens aber beim Grenzübertritt verhaftet und eingesperrt worden. Das, in das ich investiert hatte, war als Altersvorsorge und Erbe an euch Kinder vorgesehen, wurde aber zur Tilgung der entstandenen Bankschulden eingezogen. In dem Prozess, der gegen die Betrüger geführt wurde, indem auch ich Beschuldigter war, hielt mir der Richter zu Gute, dass ich alles getan hätte, um den materiellen Schaden gering zu halten.«

Katharina bäumt sich auf einmal auf und schleudert mir entgegen:

»Hau einfach ab und lass mich endlich in Ruhe.«

Ich komme nicht mehr zu einer Antwort, weil während sie mich anfaucht, plötzlich Yannick, mein Sohn, neben mir steht und mit entsetztem Blick auf die Szene, die sich ihm bietet, starrt.

»Katharina, was ist denn los, warum schreist du so? Ich habe dich schon beim Hereinkommen gehört, so laut bist du.«

Und zu mir:
»Wo kommst du denn her und was willst du von meiner Schwester?«

»Nur reden Yannick, ich will endlich mit euch beiden nur reden.«

»Und da überfällst du meine Schwester hier so einfach? Das hättest du die ganzen Jahre, in denen du dich nicht hast blicken lassen, längst tun können, – also was soll das Ganze?«

»Komm' lass' ihn, er lügt sowieso, genauso, wie es uns Mama schon immer gesagt hat, am besten, wir gehen jetzt und lassen den Lügner stehen«, donnert Katharina wütend dazwischen und es sieht so aus, als wolle sie aufstehen und den Tisch verlassen.

Yannick zögert für mich überraschend,
»Nee, Katharina lass' uns doch hören, welche Märchen er uns erzählen will. Wenn das die gleichen Storys sind, die wir von Mama kennen, können wir immer noch gehen und schenken uns den Rest. Vielleicht hat der „feine Herr" ein paar Geschichten auf Lager, die wir noch nicht kennen, die weniger verlogen sind als die anderen, mit denen er uns etwas Neues erzählen will? Wir können eigentlich nur lernen – und wenn es nur darum geht, wie man Menschen belügt.«

»Das ist doch witzlos«, schnauft Katharina »er hätte doch Chancen genug gehabt, alles zu regeln und hat sie nicht genutzt.«

»Darf ich dazu etwas sagen, ihr beiden? Ich habe dir Katharina, als ich hier hereinkam, erklärt, was ich jetzt für euch beide wiederhole:
Es ist ein Zufall, dass ich in dieses Café gekommen bin. Ich wollte hier nur einen Kaffee trinken und habe dich Katharina gesehen. Ich wusste nicht, dass du hier bist. Dass du Yannick jetzt auch hier bist, ist für mich genauso überraschend. Ich werde nichts sagen oder tun, was ihr

nicht wollt, außer, dass wir, ja wir nach so vielen Jahren des Schweigens vielleicht jetzt die Chance haben, miteinander zu reden. Wollt ihr diese zufällige Gelegenheit, die andere Seite – mich - anzuhören, nicht nutzen? Bisher kennt ihr nur eine Seite der Geschichte. Hört mich doch wenigstens an – und wenn sich eure Meinung dadurch nicht ändert und ihr mich dann immer noch für den Lügner oder sonst was haltet – OK, dann ist das so und ich verspreche euch, ich werde euch zukünftig in Ruhe lassen und euch nie wieder ansprechen.«

Plötzlich ist es still. Katharina und Yannick wechseln Blicke, die den inneren Kampf der beiden erkennen lassen. Katharinas zornige Miene, ihre wunderschönen langen dunklen Haare, sie gleicht ihrer Mutter auf eine geradezu beängstigende Art. So, wie sie ihr Kinn vorschiebt, den Kopf hebt, ihren Bruder herausfordernd anschaut, während sie auf seine Reaktion wartet. Yannick, – ich erkenne, wie sehr er Sebastian, seinem Bruder, seinem Halbbruder, gleicht und wie ich ihn als einen Teil von mir wahrnehme. Yannick, den ich zuletzt als Zehnjährigen erlebt habe, scheint unsicher, sein Blick flattert und er schaut unschlüssig zwischen Katharina und mir hin und her.

Schließlich Yannick zu Katharina:

»Komm' lass' ihn erzählen!«

»Wenn du meinst«, Katharina wirft ihren Kopf in der gleichen Weise wie ihre Mutter in den Nacken, zieht den freien Stuhl neben sich zurück: »Yannick setzt dich!«

Wie ein braves Hündchen setzt er sich verschränkt seine Arme vor der Brust und zu mir gerichtet mit heiserer, rauer Stimme:
»Wir hören!«

»Danke, Yannick, danke euch beiden!«

»Mein Leben fand nicht in Saus und Braus statt. Ich war kaum in der Lage, die Miete für die Miniwohnung zu bezahlen. Ernährt habe ich mich meist von Nudeln, Reis oder dem, was billig zu kriegen war. Es wurde alles weggepfändet, was ich verdiente und oberhalb der Freigrenze lag. Selbst wenn ich durch ein Geschäft etwas mehr verdiente, wurde es sofort eingezogen und an die Banken, die Anwälte oder, wenn was übrig war, an das Jugendamt gegeben.
Wenn mich Sandra nicht unterstützt hätte, hätte ich diese Zeit nicht überstanden. Schließlich konnte ich die Wohnung, es war nur ein Ein-Zimmer-Appartement nicht mehr bezahlen. Sandra schlug vor, dass wir gemeinsam wohnen sollten, – wir suchten und fanden eine gemeinsame Wohnung. Sandra mietete die Wohnung und zahlte die Miete. Ich konnte nur wenig zu den Kosten beitragen.
Mobil blieb ich zunächst durch den Firmenwagen, was mir persönlich Kosten sparte, die ich in den Haushalt einbringen konnte, um damit wenigstens mit einem kleinen Teil zu den Lebenshaltungskosten beizutragen.«

Katharina und Yannick lauschen offenbar gespannt und aufmerksam meinen Erklärungen.

»Nachdem ich die Anstellung verloren hatte, war der Firmenwagen weg. Ein Freund lieh mir einen alten PKW, bis Sandra ein anderes Auto finanzieren konnte. Sandra war, nachdem das Vertriebszentrum aufgelöst war, wie ich gekündigt, ohne Arbeit und lebte vom Arbeitslosengeld und ihrem Ersparten, bis sie nach etwa einem Jahr eine neue Anstellung fand und sich die finanzielle Lage für sie etwas entspannte. Die gelegentlichen Urlaube waren nur deshalb möglich, weil wir keinen Urlaub in einem Hotel, sondern auf Selbstversorgungsbasis so billig wie möglich machten. Diese Urlaube wurden zu hundert Prozent von Sandra finanziert, ich war Gast von Sandra. Ja, ich wurde von Sandra im Wesentlichen finanziert. Vielleicht könnt ihr euch vorstellen, wie ich mich geschämt habe, von ihr Unterstützung anzunehmen.«

»Siehst du,« antwortet Katharina »wir konnten auch nur Urlaub mit der katholischen Jugend und unsere Mutter überhaupt keinen Urlaub machen. Wieder einmal ging es dir gut, – uns nicht.«

»Um weiter geschäftlich arbeiten zu können, ein Mindestmaß an Einkommen zu haben, musste ich eine bestimmte Fassade aufrecht halten. Nämlich die des erfolgreichen Maklers, der seinen Klienten gute Anlagemöglichkeiten bietet. Ich habe nichts anderes gelernt und versuchte mit dem, was ich beherrschte, über die Runden zu kommen. Wirklich gelungen ist mir das nicht, weil Kunden und Klienten ein feines Gespür dafür haben, ob jemand „erfolgreich, ist" oder nur so tut.«

Das veranlasst Katharina zu der Bemerkung
        »Das „Blenden der Leute" dürfte dir ja kein Problem bereitet haben!«

»Da irrst du dich gewaltig. Das „äußere Erscheinungsbild" hat gerade in diesem Beruf etwas mit Erfolg oder Misserfolg zu tun. Alles hatte sich verändert: Kleidung, Auto, Büro, ja auch ich mich selbst. Trotz eines zur Schau getragenen großen Selbstbewusstseins konnte ich meine Verzweiflung über das Scheitern meines Lebens nicht immer verbergen. Mein Absturz fand von „sehr hoch oben" bis nach „ganz unten" statt.
Die Privatinsolvenz nahm mir das, was für die meisten Menschen selbstverständlich ist:
Finanziell selbstbestimmt und beweglich zu sein!
Die Insolvenzverwalterin bestimmte ab sofort über mein Konto, alle Zahlungen, die mir blieben, liefen über die Insolvenzverwaltung, ich war wirtschaftlich erledigt – PLEITE!«

        »Wie oft willst du das denn noch erwähnen, du hast das heute schon so oft erwähnt, dass ich es bald nicht mehr hören kann«, mault Katharina, was bei Yannick erstaunte Blicke auslöst.

»Weil diese Pleite, die tatsächlich vorlag, die Ursache dafür war, dass ich euch nicht unterstützen konnte«, bricht es zornig aus mir heraus »eure Mutter hat das nie hören wollen und womöglich hat sie euch das täglich „vorgebetet", weshalb ihr mir bis heute nicht glauben wollt oder könnt«, schließe ich meine wütende Antwort.

Ich atme tief ein, beruhige mich und antworte weiter: »Ich versuchte weiter den Anschein zu wahren. Möglich war das nur, weil ich weder irgendwelche teuren Hobbys hatte, noch Kneipen- oder Restaurantbesuche stattfanden.

Katharina und Yannick wechseln kurze Blicke, Katharina verzieht ihren Mund um ein spöttisches:
»Ach du Ärmster loszulassen. Du hast sicher sehr gelitten. Wir konnten währenddessen auf deine Kosten in Saus und Braus leben und haben uns eine gute Zeit gemacht. Uns kommen gleich die Tränen.«

»Ich kann deine Ironie verstehen, – ich weiß, dass es euch ebenfalls nicht gut ging und ich hätte gerne ALLES unternommen, um das zu ändern, – aber ich hatte keine Möglichkeit dazu und meine Versuche, euch wenigstens ein Vater sein zu können, wurden, auch wenn ihr das nicht hören wollt und vielleicht sogar nicht glaubt, von eurer Mutter im Keim erstickt.«

»Das ist nicht fair«, wirft Yannick ein.
Katharina setzt nach:
»Was hast du denn erwartet? Familienleben nach dem Motto: Friede, Freude, Eierkuchen? Nachdem, was du uns angetan hast, wunderst du dich, dass du abgelehnt wirst? Ich hätte dich für intelligenter und realistischer gehalten.«

»Katharina, Yannick, ich kann, und das werdet ihr vielleicht auch nicht glauben, die Wut und Enttäuschung eurer Mutter nachvollziehen. Ja, ich habe Fehler gemacht, – aber nichts geschieht ohne Ursache und an einer Beziehung sind immer zwei Personen beteiligt. Wer am Ende die größere Schuld an einer Trennung trägt, ist besonders wenn Kinder vorhanden sind, nicht ausschlaggebend. Wichtig ist einzig das Wohl der Kinder und darum ging es mir IMMER; um euer Wohl, auch wenn euch vielleicht etwas anderes erzählt wurde.«

Die beiden hocken schweigend, Katharina wutschnaubend auf ihren Plätzen. Yannick blickt tief einatmend unter sich, Katharina mit zusammengekniffenen Augen wütend und formt tonlos:
»SCHEISS LÜGNER!«

»Du hast doch immer gut verdient, musst also auch eine entsprechende Rente beziehen«, wirft mir Katharina an den Kopf. »Also beschwer dich nicht, du kannst es dir doch jetzt sicher leisten, deine Schulden zurückzuzahlen.«

»Schön wäre es, Katharina, aber leider sieht es anders aus. Wenn ihr die Geduld habt, erkläre ich es euch gerne. Ich muss allerdings etwas ausholen und hoffe, ihr habt die Nerven bis zum Ende zuzuhören.«

»Nur zu, wir hören«, kommt es etwas schrill von Katharina, während Yannick nur zustimmend mit dem Kopf nickt.
»Bleib' aber bei der Wahrheit und erzähle nicht weitere neue Märchen«, schiebt Katharina hinterher.

»OK, ich versuche, es möglichst einfach zu erklären: Meine Renteneinkünfte sind leider nicht sehr üppig. Das liegt daran, dass ich als Selbstständiger auf die Einzahlungen in die Rentenversicherungskasse zu Gunsten privater Vorsorge verzichtet habe. Nachdem mir die Gelder ausgegangen sind, konnte ich diese privaten Verträge nicht mehr erfüllen und musste sie zunächst „stilllegen". Als die Insolvenz kam, wurden diese Versicherungen Teil der Insolvenzmasse, und meine geplante Altersvorsorge löste sich in Luft auf. Geblieben sind mir die Mindestrenten aus den Zeiten, in denen ich Angestellter war.«

»Aber du hast doch immer gut verdient«, fragt Yannick skeptisch und ergänzt, »wieso ist deine Altersrente jetzt angeblich so gering?«

»Das liegt an unserem Rentensystem, Yannick und das muss ich euch erläutern, weil ich nicht weiß, ob und wie ihr im Rentensystem Bescheid wisst. OK?«

Zustimmendes Kopfnicken von beiden ermöglicht meine Antworten: »Also jeder, der über der sogenannten Versicherungspflichtgrenze hinaus verdient, muss für diesen Teil keine Beiträge zahlen. Diese Grenzen verändern sich von Jahr zu Jahr und steigen jährlich meist immer höher. Während meiner Zeit als Angestellter verdiente ich aber damals schon so viel, dass mein Einkommen die meiste Zeit oberhalb der damals gültigen Grenzen lag. Die Rentenversicherung berücksichtigt deshalb nicht meinen tatsächlichen Verdienst, sondern nur den, für den Beiträge von meinem Gehalt abgezogen wurden. Das ist ein Grund, weshalb meine gesetzliche Rente nicht meinem damaligen tatsächlichen Einkommen entspricht.«

»Was heißt hier „Ein Grund"«, hakt Katharina nach. »Gibt es weitere Gründe?«

»Ja, es gibt weitere Gründe. So wie ich eurer Mutter die erwähnte Summe als Ausgleich für die Erhaltung des in der Zeit unseres Zusammenlebens gebotenen Lebensstandards zahlen musste – du erinnerst dich Katharina, ich hatte es vorhin schon erwähnt-, was sie kopfnickend und offenbar widerwillig bestätigt und von Yannick mit staunend hochgezogenen Augenbrauen quittiert wird, so hat Doris, mit der ich immerhin fast 20 Jahre verheiratet war, einen gesetzlich garantierten Ausgleichsanspruch auf meine Altersrente. Dieser Anteil wurde von der Rentenversicherung mit einer Kürzung meiner Rente von mehr als dreihundert Euro festgestellt und wird dementsprechend von meiner Rente abgezogen.

»Bei dem Abzug hast du aber anscheinend trotzdem immer noch eine ziemlich hohe Rente«, kommt es lauernd von Katharina.

»Leider nicht Katharina, weil ich die Rente schon mit dreiundsechzig Jahren in Anspruch nehmen musste. Du erinnerst dich, mir wurde von meinem Lohn bis auf die gesetzlichen Mindestgrenzen rigoros alles weggepfändet. Deshalb hat die Schuldnerberatung dringend dazu geraten, Frührente zu beantragen. Dieser frühere

Rentenbezug löste einen weiteren Abzug von mehr als zwölf Prozent von meiner Rente aus. Die verbleibende Rente war geringfügig höher als die sogenannte Freigrenze, aber sicherte mir das wirtschaftliche, wenn auch bescheidene Überleben und konnte nicht gepfändet werden.«

»Dann hattest du doch mehr Geld und hättest endlich deine Unterhaltszahlungen erfüllen können«, erkundigt sich zögernd Yannick und schaut mich fragend an.

»Mehr Geld, Yannick ist relativ. Meine Altersrente lag wirklich nur um wenige Euros über der gesetzlichen Freigrenze, einzig die Tatsache, dass man diesen Betrag nicht mehr pfänden konnte, war der Vorteil, den ich hatte.
Ich habe diese Zeit nur deshalb überstanden, weil ich mit Sandra in eine gemeinsame Wohnung gezogen bin und sie die meisten Kosten übernommen hat. Mein Anteil an den Kosten bestand darin, dass ich mich um die Hausarbeit kümmerte, damit Sandra nach langer Arbeitslosigkeit wieder arbeiten konnte. Außerdem lernte ich zu kochen, um mit dem wenigen, was uns zur Verfügung stand, über die Runden zu kommen.«

Yannick und Katharina blicken mich offensichtlich irritiert und sprachlos an.

»Soll ich weiter erzählen«, frage ich, und sie nicken bloß stumm.

»Mit dem Jugendamt hatte ich vereinbart, dass ich Eurer Mutter das überweise, was mir am Monatsende übrig blieb. Das waren erbärmliche zwanzig Euro, die ich jeden Monat überwiesen habe. Zu wenig, um einer Familie eurer Mutter und euch eine wirkliche Hilfe zu sein. Ihr könnt mir glauben, dass ich mir sehr schäbig vorgekommen bin, aber mehr ging nicht.«

Immer noch schweigen die beiden und schauen mich in einer Mischung von Verachtung, Wut, aber auch offensichtlicher Überraschung an.

Ich zögere mit weiteren Worten, aber mir scheint, dass Katharina und Yannick bereit sind, weiter zuzuhören und beginne weiter zu erklären:»Aufgrund immer neuer Attacken über die Rechtsanwältin eurer Mutter musste ich mehrfach selbst einen Anwalt in Anspruch nehmen. Eure Mutter gab an, außer meinen Zahlungen kein Einkommen zu haben. Sie konnte über das sogenannte Armenrecht ihre Anwältin finanzieren. Weil ich aber in einem Vertragsverhältnis stand und offiziell über Einkommen verfügte, hatte ich diese Möglichkeit nicht. Mit meinen Anwälten konnte ich Zahlungsvereinbarungen erreichen, die dazu führten, dass ich über mehrere Jahre jeden Monat deren Honorare in Raten abgezahlt habe, weil mich sonst kein Anwalt in den verschiedenen von Nicole immer wieder angestrebten Streitfällen vertreten hätte. Dieses Geld wäre besser an euch gegangen, statt in den Taschen der Anwälte zu landen. Als ich nicht mehr zahlen konnte, hatte das nichts mit meinem Willen, sondern nur mit den Gegebenheiten zu tun.
Mein Bestreben war es, mit den mir zur Verfügung

stehenden Mitteln möglichst viele Forderungen zu befriedigen.

Leider kamen vor allem durch die Rechtsanwaltskosten, die, wie gesagt, völlig überflüssig waren, ständig neue Kosten auf mich zu. Kennt ihr das Gefühl, wenn man unter Wasser getaucht wird und jedes Mal, wenn man an die Luft kommt, irgendjemand den Kopf wieder unter Wasser drückt und man um Luft ringt?«

»Ja, was denkst du denn, wie es uns ergangen ist?«, keift Katharina mich mit zornrotem Gesicht an.

»Katharina, glaubst du, ich weiß das nicht? Aber was hätte ich denn tun sollen? Meine Mittel waren aufgebraucht, futsch, und eure Mutter glaubte weiter, dass ich euch nicht unterstützen wollte. Fragt sie doch einmal, wie oft ich versucht habe, ihr das zu erklären und wie wenig sie mir geglaubt hat, mich als Lügner empfunden hat. Wenn mich eure Mutter jemals geliebt hat, dann hat sich ihre Liebe in Hass und Verachtung verändert. Vielleicht ist ihre Wut auch die Ursache für ihre Weigerung gewesen, mir den Kontakt zu euch zu ermöglichen.«

Katharina holt laut schnaubend Luft und ich vermute, sie will auf meine Vermutung etwas entgegnen.

»Katharina, bitte, ich will niemand angreifen. Ich bitte euch nur, alles von beiden Seiten zu betrachten. Ich habe Fehler gemacht, ja, aber bedenke bitte auch meine Gründe, nicht nur die eurer Mutter.«

»OK«, schaltet sich Yannick ein, »da hat er nicht ganz unrecht Katharina, lass ihn erst mal weiter reden.«

Ich versuche ruhig zu bleiben, senke meine Stimme und richte mich an Yannick.

»Einmal kam Sandra eines Tages ziemlich aufgelöst aus der Stadt und berichtete, dass sie dich mit deiner Mutter gesehen hätte. Du warst mit ihr offenbar alleine in der Stadt und sie hat dich wie im Schlepptau hinter sich hergezogen. Du wirst etwa 3 Jahre alt gewesen sein und hast Sandra ziemlich beeindruckt. Sie schilderte dich hübsch und gleichzeitig traurig, so wie du dich an einer Hand durch die Fußgängerzone hast ziehen lassen. Warum nehmen wir Yannick und vielleicht auch Katharina nicht einfach einmal mit zu uns, fragte sie mich und ich habe versucht, mit eurer Mutter darüber zu sprechen. Diese Frage führte zu einem Desaster:
Sie reagierte wütend:
„Was stellst du dir eigentlich vor?
Glaubst du, dass ich dir meine Kinder anvertraue und du und deine Schlampe die Kinder gegen mich aufhetzen könnt?"
Ich konnte sagen und einwenden, was ich wollte – kategorisch hieß es: NEIN.
Trenne dich von Sandra, dann kannst du die Kinder sehen.«

Als Sandra beschrieb, wie Nicole den kleinen Yannick hinter sich herzog, kam mir ein Gedicht, das ich von Gerhard Kiefel kannte, in den Kopf, das ich Yannick später als E-Mail geschickt habe, um ihm meine

Empfindungen für ihn, aber auch für seine Schwester auszudrücken.

Es trägt den Titel „Dialog der Hände":
****

Es sprach die kleine Hand zur großen Hand.
Du, große Hand, ich brauche Dich,
weil ich bei Dir geborgen sein kann.
Ich möchte Deine Hand spüren wenn ich wach werde und ich wünsche mir dass Du bei mir bist, wenn ich Hunger habe und Du mir Nahrung gibst, mir hilfst etwas zu begreifen oder aufzubauen, wenn ich meine ersten selbständigen Schritte versuche, und ich immer zu Dir kommen kann, wenn ich Ängste und Sorgen habe.
Ich bitte Dich: bleibe in meiner Nähe und halte mich.
Da antwortete die große Hand der kleinen Hand:
Du, kleine Hand, ich brauche Dich, weil ich von Dir ergriffen bin.
Das spüre ich, weil ich viele Handgriffe für Dich tun möchte, weil ich mit Dir die fröhlichen und ernsten Dinge erleben will, weil ich mit Dir die vielen wunderbaren Dinge entdecken möchte, weil ich Deine Wärme spüre und Dich lieb habe, weil ich mit Dir zusammen wieder bitten und danken kann.
Ich bitte Dich: Bleibe in meiner Nähe und halte mich, denn ich denke, wir brauchen uns beide. |
Leider haben Katharina und Yannick nie darauf reagiert
»Es war nicht meine Absicht und auch Sandra hat keinen Anlass gesehen, euch gegen eure Mutter aufzuhetzen. Warum auch? Sie war alleine und hat offenbar ihre Möglichkeiten genutzt, mit euch über die Runden zu kommen. Dass das nicht so einfach ist, ist jedem klar, der

einigermaßen nachdenkt. Warum also sollten Sandra oder ich euch gegen eure Mutter aufhetzen?

Weshalb machte sie es zur Bedingung, dass ich mich von Sandra trenne, damit ich euch sehen kann?

Hat sie gehofft, dass dadurch unsere zerbrochene Beziehung repariert wird? Ich habe es nie verstanden und kann es bis heute nicht verstehen. Ich habe das Nicole mehrfach zu erklären versucht: Unsere Kinder haben mit unserem Streit nichts zu tun, – sie leiden darunter.

Ich weiß nicht, weshalb sie behauptet hat, dass ich mich nicht um euch kümmern will. Wäre das der Fall gewesen, hätte ich doch nicht so oft versucht, mit ihr darüber zu reden, dass ich euch öfter sehen möchte. Wenn ich es versucht habe, hieß es immer wieder:

„Trenne dich von Sandra, dann siehst du die Kinder."«

Und wieder blicken mich Yannick und Katharina sichtlich verstört und weiter schweigend an.

»Vielleicht könnt ihr verstehen, dass ich diese Forderung nicht erfüllen konnte, aber auch nicht erfüllen wollte.
Du Katharina warst etwa fünf Jahre und Yannick ca. drei Jahre alt, als mich ein Brief Eurer Oma Helga erreichte. Sie schildert darin ihren Eindruck über das Leben mit eurer Mutter. Sie beschreibt, wie du Katharina in Fotoalben nach „Deinem Papa" suchst und Yannick bei Männern immer wieder fragst, ist dies „Mein Papa"? Was mich aber wirklich erschüttert hat, ist der Glaube eurer Großmutter, dass ich von euch nichts wissen wolle und den Kontakt zu euch ablehnen würde.

Ich lese in ihrem Brief:

>>*Man sieht oft Filme im Fernsehen, wie die Kinder im Erwachsenenalter nach ihren Eltern oder einem Elternteil suchen. Für sie ist es ganz wichtig zu wissen, wer das ist, der sie gezeugt hat. Was sind das für Menschen, die mich weggeben, die mich nicht wollen?*
Fragen über Fragen, die oft nicht beantwortet werden, die immer eine Lücke im Leben lassen.
Du wirst es mit Sicherheit am besten wissen.
Und gerade das ist es, was ich mit meinem Verstand nicht nachvollziehen kann. Das du dich mit der Mutter nicht verstehst, oder mittlerweile auch Hassgefühle aufgebaut hast, kann ich nachvollziehen, aber keinesfalls, dass du dich nicht verantwortlich fühlst für deine Kinder.<<

In Yannicks Augen glitzert es bedenklich und ich vermeide es, ihn direkt anzusprechen, weil ich glaube, seine Gefühlslage zu erkennen, und ich will ihn nicht vor seiner Schwester, die mich nach wie vor mit stählernem Blick fixiert, bloßstellen.

Bei Helgas Behauptung, dass ich mich für meine Kinder nicht verantwortlich fühle, erinnere ich mich an Nicoles Brief, in dem sie Sandra ihre Stimmungen und Empfindungen, während sie mit Yannick schwanger war, schildert:

>>>*... .. Bei uns kam erschwerend hinzu, dass ich schwanger war. Eine Schwangerschaft, in der ich und wohl auch Joachim gemerkt haben, dass wir beide wohl das Kind nicht so recht haben wollten. Diese Situation an sich ist für eine Beziehung an sich schon ein harter*

Prüfstein. Ich hab' in der Zeit (abgesehen von den „natürlichen schwangerschaftsmäßigen Frauengedanken-Problemen) viel gelitten. Als Mutter sich nicht richtig freuen zu können und keine Gefühle zu dem werdenden Leben aufbauen zu können, ist immens hart.
Das sind Schuldgefühle und seelische Konflikte, die du dir nicht vorstellen kannst. Als Yannick auf der Welt war, war ich richtig froh, dass er endlich draußen war.
Dieser Satz spiegelt ein bisschen von dem wider.
Draußen war und nicht geboren war mein Gefühl.
Ich habe 4 Monate gebraucht, um ein Gefühl zu dem Kind aufzubauen. In dieser Zeit hatte ich wahnsinnige Schuldgefühle. Mit Joachims Hilfe hätte ich das viel schneller geschafft oder es wäre vielleicht nicht so entstanden. Aus Gründen, die ich dir gestern offengelegt habe, hat Joachim sich aber auf seine Art und Weise von diesen Konflikten ferngehalten, da er in einer Lebensphase steckte und noch steckt in der er nur mit sich (seinem Wohlbefinden) beschäftigt ist. Andere nennen es „Midlife-Crisis".<<<

Ich will mir nicht vorstellen, was Yannick empfände, wenn er diese Worte seiner Mutter lesen könnte.
Ich glaube das nachempfinden zu können, weil ich selbst als Erwachsener erfahren habe, dass mich meine Mutter kurz nach der Geburt zur Adoption weggegeben hat. In meinem ganzen Leben habe ICH deshalb immer nach Liebe gesucht und ich weiß, wie schrecklich es ist, nicht um seiner selbst willen geliebt zu werden, sondern vielleicht nur ein „Instrument in einer Beziehung" zu sein.

Natürlich ist es unerträglich, wenn es während oder kurz nach einer Schwangerschaft zu einer Trennung kommt. Nicole, Katharina und Yannick taten mir auch unendlich leid, weil mir bewusst war, dass meine Kinder genau das erleben mussten, was mir und meinen Geschwistern zugestoßen war. Die Trennung war vorhersehbar – Nicole beschreibt in ihrem Brief auch, dass es „seit einem Jahr schon kriselte", setzte aber gleichzeitig alles daran, schwanger zu werden – entgegen sämtlicher Ratschläge und Bitten von mir, ihren Eltern, aber auch von Freunden und Bekannten, die sie alle ausschlug. Ich glaubte, weil zu der Zeit die Rahmenbedingungen, Job, Immobilien etc. scheinbar problemlos funktionierten und ich mir vormachte, mit Geld das meiste regeln zu können, am Ende alles gut ausgehen würde.
Mein größter Fehler, wie ich zu spät erkannte!

Ich konzentriere mich auf die Augen der beiden und spreche langsam weiter:

»Dass Helga davon ausging, dass ich mich nicht für euch verantwortlich fühlen würde, hat mich entsetzt erschüttert, aber auch wütend gemacht. Könnt ihr euch vorstellen, wie hilflos man sich vorkommt, wenn man etwas tun möchte, aber immer wieder blockiert wird? Meine Insolvenz habe ich sicher selbst verschuldet, aber das hatte doch nichts mit euch zu tun!
Wenn ich „die Kohle" gehabt hätte, hätte ich gezahlt, – aber ich hatte doch nichts mehr und konnte außer einem Minimalbetrag von zwanzig Euro, den ich von dem, was mir blieb, lange Zeit bis zu Yannicks achtzehnten

Geburtstag monatlich an Eure Mutter überwiesen habe, wirklich nicht mehr zahlen. Euer Bruder Sebastian, mit dem ich darüber sprach, meinte, dass die Tatsache, dass ich trotz meiner prekären Lage in Urlaub fahren würde, bei euch kaum auf Verständnis stoßen dürfte und im Übrigen auch er, Sebastian, genau so wenig Verständnis habe. Außerdem könnte Sandra mir doch helfen, indem sie vielleicht auch etwas drauflegen könne.«

»Hast du jemals darüber nachgedacht, dass Sebastian recht haben könnte und du mit dem Geld, das du für den Urlaub verbraucht hast, besser deine Kinder unterstützt«, faucht mich Katharina an, dem Yannick mit einem heftigen, stummen Nicken zustimmt.

»Aber Sandra half mir doch schon, obwohl sie auch nicht mit Reichtümern gesegnet ist, und ich war mit Sandra nicht verheiratet. Warum sollte sie zusätzlich auch noch meine Kinder unterstützen? Sicher, zwanzig Euro sind natürlich NICHTS, um zwei Kinder durch die Welt zu bringen, – aber mehr ging wirklich nicht. Mit eurer Oma Helga führte ich ein Gespräch an einem neutralen Ort in einem Restaurant, bei dem ich ihr meine Position zu euch und meine Lage erklärt habe. Helga habe ich die persönliche, aber auch die finanzielle Situation detailliert und mit allen Ursachen und Gründen geschildert.
Ich hatte den Eindruck, dass sie mir geglaubt hat, dass ich sie überzeugen konnte, dass ich es ernst meine mit meinem Wunsch euch, so gut ich es in der Situation konnte, zu unterstützen. Finanziell ging das zwar nicht, allerdings war es mir wichtig, dass wir Kontakt zueinander haben sollten.

Als Helga mir erneut erzählte, dass du Yannick bei jedem Mann, mit dem Nicole sich unterhielt oder mit dem sie Kontakt hatte, die Frage stelltest: "Ist das mein Papa?" hat es mir das Herz zerrissen. Nicht weil ich etwa eifersüchtig auf diese Männer war, sondern weil ich mir vorstellte, wie sehr du nach mir, nein, nach deinem Vater gesucht haben musst.

Ich hatte einen Vater, der zwar nicht mein leiblicher Vater war, aber von dem ich weiß, dass er mich sehr geliebt hat. Durch seinen Beruf war er nur selten zu Hause und ich bin deshalb quasi ohne Vater aufgewachsen. Die Sehnsucht nach meinem Vater hat mich nachempfinden lassen, wie sehr du Yannick darunter gelitten hast, keinen Vater zu haben oder zu erleben«

Yannicks Augen quellen über und zwei dicke Tränen gleiten mit glänzenden Spuren seine Wangen hinunter. Er schluckt mehrmals, versucht keine Schwäche zu zeigen.

Jetzt scheint der richtige Zeitpunkt zu sein, an dem es sinnvoll ist zu erzählen, was mein „familiärer Hintergrund" ist und warum mir die Verbindung zu meinen Kindern so wichtig ist.

»Als Kind erlebte ich eine Mutter, die mir oft, sehr oft erklärte, dass sie „viel lieber eine Tochter gehabt hätte". Der Vater war nur zeitweilig zu Hause, weil er meist im In- und Ausland „auf Montage" war. Ich habe ihn als Vater nur sehr selten erlebt.

Dass meine Eltern nicht meine leiblichen Eltern sind und ich ein Adoptivkind bin, erfuhr ich – quasi zufällig, – weil ich für eine Auslandsreise einen neuen Reisepass brauchte und dazu eine Geburtsurkunde vorlegen musste, die ich nicht hatte und von meiner Mutter nicht bekam.«

»Das wissen wir doch, – das hast du doch unserer Mutter erzählt. Gerade deswegen wundert es, dass du dich nie um uns Kinder gekümmert hast«, zischt Katharina. »Was willst du uns jetzt damit sagen oder beweisen?«

»Mir hat diese Information, bei der ich meine Herkunft erfuhr, geradezu den Boden unter den Füssen weggerissen. Vor allem, weil ich keinerlei Details in Erfahrung bringen konnte, weshalb ich von meiner Mutter, meinen Eltern weggegeben wurde und vor allem weil ich nicht wusste, WER meine leiblichen Eltern waren, ob ich noch Geschwister habe und wo sie vielleicht leben.«

Eine Erinnerung an den Tag, an dem ich von meiner Herkunft erfuhr, blieb mir nur streckenweise im Gedächtnis, weil nachdem ich den Brief geöffnet und den Inhalt gelesen hatte, sich der Rest des Tages für mich in einen undurchdringlichen Nebel hüllt. Ich weiß noch, dass ich mit Kommilitonen in der Mensa saß, als Dieter, ein Mitbewohner aus der WG, mir einen Brief überreichte: „Ist heute in der Post für dich dabei gewesen". »Ach', das wird sicher eine Rückfrage wegen meines Reisepasses sein, den brauche ich doch für die Reise nach Israel«. Ich reiße den Brief an der Seite auf, ziehe das Schreiben heraus und lese:

Vater: Willi W…………………….., Mutter Charlotte
W…………….. ; Nach Adoption Namensgebung durch die
Eheleute ……..!
Die Erinnerungen an den Rest des Tages fehlen mir, weil
ich wortlos die Mensa verlassen, an der vorgesehenen
Vorlesung nicht teilgenommen und irgendwie
benommen durch die Stadt geirrt sein muss. Man fand
mich am Abend in der Wohngemeinschaft, wie
bewusstlos in meinem Bett liegend vor, lies mich aber in
Ruhe, weil man dachte, ich sei entweder völlig
alkoholisiert oder bekifft eingeschlafen. Fragen, was mit
mir los sei, ließ ich unbeantwortet.
Die für das Wochenende vorgesehene Semesterfete war
plötzlich unwichtig, ich ließ sie sausen und fuhr
geradewegs „nach Hause", um meine Eltern zu fragen,
warum sie mir davon nichts erzählt und mich im
Unklaren gelassen haben.
Mein „Vater" war > am Boden zerstört < und ich merkte,
dass er es bedauerte und es ihm leid tat, mir die
Wahrheit verschwiegen zu haben. „Ich wollte es dir
immer sagen, – aber irgendwie passte der Zeitpunkt nie
so richtig."
Die Mutter wurde wütend und beschimpfte mich, wie ich
es wagen könne, ihnen jetzt Vorwürfe zu machen.
Sie hätten es doch nur gut gemeint mit mir und mir alles
geboten, was ich sonst vielleicht nie erhalten hätte und
überhaupt, ich soll doch froh sein, in geordneten
Verhältnissen groß geworden zu sein, anstatt in einem
Kinderheim mit einer ungewissen Zukunft. „Ohne uns
hättest du weder eine schulische Ausbildung noch die
Möglichkeiten für ein Studium gehabt, – du wärst
irgendwo auf einem Bau als Arbeiter, vielleicht sogar als

Hilfsarbeiter gelandet. Also hör' auf, uns hier Vorhaltungen zu machen, – du solltest uns dankbar sein!"

Es gab kein Gespräch mehr, das es uns möglich gemacht hätte, zusammen zu bleiben oder zueinander zu finden. Für mich war es ein tiefer Schnitt – mitten durch unsere Herzen. Seit diesem Tag fühlte ich mich >> Alleine << verlassen und auch ohne wirkliche Wurzeln.

Gleichzeitig sehnte ich mich nach einer echten Familie und hatte gleichzeitig das Gefühl, niemandem mehr vertrauen zu können.

»Mir wurde mit einem Mal klar, weshalb die (Pflege)Mutter mich so oft als „geduldeten Gast"! bezeichnete. Viele in Streitigkeiten erwähnte Nebensächlichkeiten gewannen plötzlich rückwirkend an Bedeutung und alte, verheilt geglaubte seelische Verletzungen, brachen mit Wucht erneut auf und schmerzten intensiver als je zuvor. Wut, Enttäuschung und ein Gefühl unendlicher Einsamkeit packten mich. Mir wurde mein lebenslanger Kampf um Anerkennung und Liebe bewusst.
Damals habe ich geschworen, dass ich das meinen eigenen Kindern niemals antun werde.«

Katharina scheint erschrocken angesichts meiner etwas bewegt vorgetragenen Schilderungen und verkneift sich jeden Kommentar, während Yannick so aussieht, als würde er mit mir leiden.

»In Erinnerung ist mir ein (Pflege)-Vater geblieben, der mich so wie seinen leiblichen Sohn, den er nicht hatte, geliebt hat. Er hat sich, wenn er von Problemen, die ich zweifellos hatte, etwas mitbekam, um Lösungen bemüht. Leider war er zu wenig zu Hause und erst kurz vor seinem viel zu frühen Tod konnte ich zu ihm eine intensive und liebevolle Beziehung aufbauen – er fehlt mir bis heute.«

Yannicks gequälter Blick trifft mich tief, ein Kloß im Hals, hindert mich sekundenlang am Sprechen, ehe ich weiter fortfahre.
»Gleichzeitig erzählte Nicole, dass du Katharina, kurz nachdem du sprechen konntest, immer wieder nach deinem Papa gefragt hättest und du ihn sehr vermissen würdest. Ich habe dies damals kaum glauben können. Du warst gerade etwas über zwei Jahre alt, als ich mich von Nicole trennte. Die Schilderung, dass du gezielt nach deinem Vater gefragt hättest und besonders mein Fehlen gezielt reklamiertest, konnte ich damals nicht glauben. Das hielt ich für eine Übertreibung von Nicole, um mich zusätzlich unter Druck zu setzen. Mein Irrtum wurde mir erst viel später klar. Vielleicht war meine Wahrnehmung durch das belastete Verhältnis zu eurer Mutter gestört. Meine damalige Überzeugung war falsch und meine Einstellung hat mich eure Not nicht erkennen lassen, – das bedaure ich unendlich. Vieles war sehr verwirrend, bestehend aus Mischungen von Wahrheiten, Halbwahrheiten, Lügen und Vermutungen, dass ich nie genau wusste, was wahr oder nicht wahr war.«

Die Gedanken gehen in meine eigene Kindheit, in der ich mich daran erinnere, wie sehr ich meinen Vater vermisst habe. Helga, Katharinas und Yannick s Großmutter erzählt mir in ihrem Brief, den sie an mich geschrieben hat, dass Yannick ein Bild, auf dem er selbst zu sehen ist, nur den Arm eines Mannes erkennen kann, meinen Arm, und er fragt, ob das sein Papa ist, der ihn dort im Arm hält. Danach scheint Yannick Ausschau zu halten, nicht nach dem Arm, der ihn hält, sondern nach seinem Papa, den er nie wirklich kennengelernt hat und nach dem er sich so sehnt. Yannick war ein Baby, als ich mich von Nicole trennte, zwischen ihm und mir konnte sich keine Beziehung aufbauen. Das, was er sich von einem Vater, seinem Vater wünschte, hat er auf die Männer, mit denen seine Mutter zu tun hatte, projiziert, auch wenn es nur jeweils kurze Begegnungen, oft
nur Gespräche waren. Was mag in dem kleinen Mann vorgegangen sein, habe ich mich oft gefragt und daran gedacht, wie es mir ergangen ist, wenn ich darauf gewartet habe, dass mein Papa nach einer längeren Zeit, und das waren vielleicht nur vier Wochen wieder nach Hause kam und mich in den Arm nahm. Vier Wochen sind für einen Erwachsenen eine verhältnismäßig kurze Zeit, für ein Kind sind vier Wochen fast unendlich lange. Nachdem ich davon hörte, dass Katharina und Yannick an den Ferienfreizeiten der katholischen Jugend teilnahmen, ich sie nicht aufsuchen konnte, weil man mir schon bei Anfragen jede Auskunft verweigerte, stürzte ich mich auf die Bilder, die die Jugendgruppen dann schließlich veröffentlichten und betrachtete meine Kinder Yannick, wie Katharina auf den Web-Seiten und konnte so einen Teil ihrer Entwicklung beobachten.

Immerhin wusste ich so wenigstens, wie sie aussehen und konnte sie, wenn ich in ihrer Nähe war, erkennen. Für Yannick muss es furchtbar gewesen sein, ständig einem „Phantom" nachgejagt zu sein, denn er wusste ja im Gegensatz zu Katharina nicht, wie ich aussehe. Sein erstaunter Blick, die Faszination, mit der er mich beim ersten Treffen anblickte und die Anhänglichkeit, mit der er meine Hand hielt und kaum losließ, hat mich tief bewegt. Ich hätte vor Freude darüber heulen können, aber das hätte die Kinder verwirrt und irritiert und unser Treffen wäre nicht so schön verlaufen, wie wir es alle, auch Nicole, empfunden haben.

»Mit Helga, eurer Großmutter, bin ich so verblieben, dass sie mit eurer Mutter sprechen wollte.

Wir waren beide der Meinung, dass es für euch gut sei, wenn ein regelmäßiger Kontakt erhalten bliebe und ihr, wenn auch nicht täglich, so doch in regelmäßigen Abständen mit mir zusammenkommen könntet.

»Du erinnerst dich Katharina an die Geschichte mit dir in der Kinder-Notfall-Station. Zur Vermeidung jeglicher „Missverständnisse" sollte bei unseren Treffen immer eine dritte Person, – eben Sandra – mit dabei sein.«

»Pah! Und du hast wirklich geglaubt, dass meine Mutter dem zustimmt?«, blökt mich Katharina an.

»Zumindest waren wir eure Großmutter und ich uns darüber einig, dass IHR das Wichtigste seid und sie wollte mit Nicole über die Möglichkeiten, dass ich mich häufiger um euch kümmern und wir uns dadurch regelmäßig sehen können, reden und sich dann bei mir melden. Weder von Helga, noch von eurer Mutter kam jemals eine Zu- oder Absage. Helga hat mir erklärt, dass sie sich mit mir quasi „geheim" getroffen hätte und Nicole dürfe davon genau so wenig erfahren wie ihr Mann, euer Opa Franz.«

»Kathi,« und Yannick beugt sich näher zu seiner Schwester »hast du davon gewusst, dass „Er" sich so bemüht hat?«

»Glaub' einfach nicht alles, was „Er" dir erzählt, du hast doch von Mama gehört, wie der Bursche lügt.«, beschwichtigt sie ihren Bruder und schaut mir dabei grienend ins Gesicht.

Erneut kämpfe ich die aufsteigende Wut nieder, um darzulegen, wie es weiterging, was ich unternommen habe. Ich habe ohne Helga zu „verraten" einen weiteren Versuch gestartet. Nicole und ich trafen uns in einem Café in der Stadt. Vielleicht konnte ich sie für diese Idee gewinnen? Aber wieder einmal erlebte ich die gleiche, mir schon bekannte Reaktion: NEIN!

»Das hätte ich dir vorher sagen können«, quittiert Katharina erneut meine Aussage, worauf Yannick verständnislos den Kopf schüttelt und sie und mich fragend anschaut.

»Was sollte ich denn machen?«, etwas Besseres fällt mir spontan nicht ein.

»Alles, was ich versuchte, war ohne Erfolg. Jedes Mal holte ich mir eine „blutige Nase" durch die immer gleiche heftige Abfuhr. Daraufhin habe ich mich zurückgezogen, – weil ich kein Weiterkommen und keinen Sinn in weiteren Versuchen sah.«

»Ach!« hakt Katharina sofort ein, »und das hat dann gleich mehrere Jahre gedauert, dass du dich überhaupt nicht mehr um uns gekümmert hast.«

»Ja, Katharina, es dauerte sehr lange, zu lange und heute weiß ich, dass ich einiges anders hätte machen sollen. Das ist keine Entschuldigung, sondern die Erkenntnis eines Ergebnisses aus einem verkorksten Leben. Keine richtige Familie, nur eine Partnerin, mit der ich nicht zusammenleben konnte, keine erfolgreiche Arbeit, dazu die immer drängender werdenden Forderungen der Banken, die durch Zins und Zinseszins monatlich gewaltiger wurden und die Drohung eines Strafverfahrens, das im schlimmsten Fall zu einer Verurteilung und unter Umständen mit einer Gefängnisstrafe hätte enden können. Den Typen, der in Düsseldorf wegen der gleichen Probleme vom Hochhaus gesprungen ist, konnte ich gut verstehen und mir gingen damals allerhand schlimme Gedanken, wie ich zum Beispiel mein Leben beenden könnte, durch den Kopf. Warum ich trotzdem versucht habe, weiter zu leben, hatte drei Gründe:

IHR, damit meine ich Sebastian, dich, Katharina und dich Yannick.

Katharina schaut mit schreckgeweiteten Augen und Yannick fragt leise: »Das ist ja schrecklich, wie kann man so etwas ertragen und überstehen?«

»Ich habe nie aufgehört zu hoffen, dass wir irgendwann miteinander reden, uns verstehen und vielleicht sogar vertragen können.«
Obwohl ich an dieser Stelle mit einem bissigen Kommentar rechne, bleibt es still. Katharina senkt ihren verschreckten Blick und Yannick schluckt mehrmals heftig, um den Kloß im Hals loszuwerden.
»Nachdem ich mit Sandra eine gemeinsame Wohnung bezogen hatte, fing mein Leben langsam an, wieder in einigermaßen geordnete Bahnen zu kommen. Als Rentner, als insolventer Rentner fiel etwas von dem vorher unerträglichen Druck weg – es wurde in einem sehr bescheidenen Rahmen wieder ein „normales Leben" – und blieb doch unvollständig.«

»Und warum hast du ab dieser Zeit keinen Kontakt mit uns aufgenommen?«, fragt Yannick zaghaft leise.

»Ich habe das nie wirklich aufgegeben, – ihr könntet Sandra fragen, sie wird euch bestätigen, dass Ihr ständiges Thema in unseren Gesprächen wart und seid. Kontakt zu euch hätte ich nur über eure Mutter aufnehmen können, – das war aber chancenlos.

Ich habe auf meine Art versucht, euch nahe zu sein.
Wisst Ihr noch, wer Inga ist?«

»Sicher, sie wohnte doch gleich nebenan und hat
fast jeden Tag ihren Vater, unseren Urgroßvater Alois
besucht«, sprudelt es aus Yannick heraus. »Ihr Mann
Klaus war so ein richtiger Fahrrad-Freak. Bei dem habe ich
gelernt, mein Fahrrad zu reparieren – toller Typ, was hast
du mit ihm zu tun gehabt?«

»Nichts Yannick, aber mit Inga. Inga ist die Schwester von
Helga, also eure Großtante.
Mit Inga habe ich ein bis zweimal im Jahr telefoniert. Sie
kannte meine Anrufe schon und wusste genau, dass ich
wegen euch anrufe, weil ich mich über sie informieren
konnte, wie es euch geht.«

»Ach - über Inga hast du uns nachspioniert«, fasst
Katharina nach und verzieht angewidert ihr Gesicht.

»Nachspioniert ist das falsche Wort, weil Inga nie etwas
von sich aus erzählt hat. Sie hat lediglich auf meine
Fragen reagiert, war aber immer sehr zurückhaltend. Es
war keinesfalls so, wie ihr vielleicht denkt: Ich rufe an und
erhalte einen „Bericht".
Ich kannte sie ja auch schon länger, genau, wie ich Helga
schon von früher her kannte.
Inga hat mir von ihren Kindern, auf die sie sehr stolz war,
erzählt und dabei vor allem davon, was ihre Tochter, die
ja relativ jung geheiratet hatte, so erleben musste.
Natürlich kam dann auch die Rede auf Nicole und euch
und wie ihr so im Haus ihrer Eltern, eurer Urgroßeltern,

so lebt und was so passiert ist. Ihr Verhältnis zu Nicole war, wie soll ich sagen? Nennen wir es: Eher reserviert. Ihr Eindruck war, dass Nicole nur dann zu ihr kam, wenn sie in irgendeiner Form Hilfe brauchte oder „etwas loswerden wollte". Eine Art Freundschaft, wie sich das zu der einzigen Tante hätte entwickeln können, war das nicht.

Inga schätzt nach meiner persönlichen Beobachtung eure Mutter wegen ihrer erkennbaren Intelligenz und Cleverness. Fleiß hat sie bei Nicole nicht erkannt, weil meist jemand da war, der ihr die Schwierigkeiten aus dem Weg räumte. In ihren Geldangelegenheiten war das Opa Alois, der ihr immer wieder unter die Arme griff.

Als ehemaliger Beamter bezog er eine recht hohe Pension und Nicole profitierte davon. Er war einer der Problemlöser für Nicole.

Ich war nach Ingas Meinung für Nicole, eure Mutter, auch so ein Problemlöser.

Sie glaubte erkannt zu haben, dass Nicole keinen Bock auf irgendein Studium hatte, sondern sich ein entspanntes Leben mit einem gut verdienenden Mann vorstellte.

So einen Mann sah sie anscheinend in mir, wie Inga meinte und die Enttäuschung darüber, dass das schief gelaufen war, hätte sie unglaublich wütend und böse gemacht. Inga charakterisiert Nicole so, dass sie bei ihrer zweifellos vorhandenen Intelligenz immer davon ausgeht, dass sie recht hat und alle anderen immer falschliegen. Das sei auch der Grund, weshalb bei Nicole Freundschaften und Bekanntschaften meist nicht sehr lange hielten.

Immer dann, wenn Meinungen, Ansichten unterschiedlich waren und Nicoles Meinung nicht als die Richtige

akzeptiert wurde, gingen die Verbindungen in die Brüche. Erinnert ihr euch daran, was ich zu der Bekannten aus dem Turnverein erzählt habe? Mich haben diese Sätze wieder daran erinnert. Habt ihr jemals nachgefragt, ob Eure Mutter „alte Bekannte", also solche, die man über Jahre kennt, mit denen man durch „dick und dünn geht" und die immer für einen da sind, hat?
Selbst in der Familie mit ihren Schwestern Sabine und Mareike hat Nicole ein eher unterkühltes Verhältnis.«

»Komm auf den Punkt«, faucht mich Katharina an »und hör' auf unsere Mutter schlecht zu machen. Sag', was du von Inga über uns erfahren wolltest.«

»Katharina, ich will niemanden schlecht machen, ich versuche nur zu erklären, woher meine Infos kamen. Ist es für euch nicht auch wichtig, die Hintergründe zu kennen, damit ihr diese Informationen entsprechend einordnen könnt?«

»Ja, dann erzähl halt, was du über uns erfahren hast«, mault Katharina. »Mach's nicht so spannend.«

»Ihr habt regelmäßig an den Ferienfreizeiten der katholischen Jugend in deren Sommerlager teilgenommen.
Nachdem ich mich dort meldete, versuchte ich zu erfahren, an welchem der Ferienlager ihr teilnehmt, damit ich euch vielleicht besuchen könnte. Dort hat man mir allerdings keine Auskunft gegeben, aus „Datenschutzgründen" oder was ich vermute, weil Nicole

die Leute von der Jugendorganisation über mich informiert und jede Auskunft über euch untersagt hat. Über die Web-Seite der katholischen Jugend fand ich schließlich Bilder von euch und konnte so – aus der Ferne – als ungesehener Beobachter euer Leben in diesen Abschnitten zeitweilig mit verfolgen. Weshalb ich euch dort weder sehen oder besuchen konnte oder durfte, wurde mir nie erklärt.«

»Du hast ja auch nie etwas dafür gezahlt, dass wir an den Ferienlagern teilnehmen konnten und unserer Mutter wurde es nur durch die Hilfe vom Urgroßvater ermöglicht, dass wir wenigstens in dieser Zeit eine unbeschwerte Zeit erleben konnten«, kommt es wütend von Katharina, zu dem Yannick nickt, aber keinen zusätzlichen Kommentar abgibt.

»Wie hätte ich es auch machen sollen?
Meine wirtschaftliche Lage habe ich euch ja erklärt, eurer Mutter, sie hat mir nicht geglaubt und Ihr glaubt mir vermutlich deshalb auch nicht, weil euch meist nur von meinen „Zahlungsverweigerungen" erzählt wurde.
Wann und wo die Ferienfreizeiten stattfanden, hat sie mir nie gesagt, mir blieb nur die Möglichkeit, über das Internet herauszufinden, wo ihr seid.
Dank der Öffentlichkeitsarbeit der katholischen Jugend konnte ich „miterleben", an welchem Ort und in welchem Zelt ihr untergebracht, an welchen Aktivitäten ihr teilgenommen und wie eure Ergebnisse bei den dort stattfindenden Wettbewerben waren.
Bilder, die ich von euch aus dieser Zeit habe, sind die, die im Internet von den Ferienlagern veröffentlicht wurden.«

Nach diesen Aussagen herrscht ein Moment tiefer Stille und in diese unsichere Ruhe ergänze ich:
»Es folgten nach ähnlich vorausgegangenen, weitere trostlose Jahre in „absoluter Funkstille".«

»Wie meinst du das?«, will Yannick mit einem merkwürdig konzentrierten Gesichtsausdruck wissen.

»Schon an eurer Einschulung durfte ich nicht teilnehmen, – ich war unerwünscht und habe knappe hundert Meter von eurer Schule entfernt im Auto sitzend versucht, euch nahe zu sein.«

»Häh?«, tönt es fast gleichzeitig aus beider Münder und Katharina meint: »Das hast du doch gerade erfunden! Warum sollte das wahr sein, was du hier von dir gibst?«

»Ich habe nichts erfunden«, antworte ich mit gesenkter Stimme, »fragt eure Mutter oder die Eltern eurer Schulfreunde, die das Ganze beobachtet haben, wie ich in meinem Auto hockte und verzweifelt Richtung Schulhof schaute.«

»Pfff!«, donnert Katharina los, »da fehlt dem sonst so erfolgreichen „Geschäftsmann" der Mut, zu seinen Kindern zu stehen, stattdessen kauert er kleinlaut und feige in seiner „Protzkarre" und tut nichts. Unglaublich!«

»Du hast recht, Katharina und ich schäme mich bis heute

für mein Versagen. Dafür gab und gibt es keine Entschuldigung.«

»Sag mal«, räuspert sich Yannick, und man spürt, wie sehr er sich dafür davor drückt, mich mit „Vater, Papa oder Dad" anzusprechen. »So kennt man dich doch sonst nicht, warum hast du dich so verhalten?«

Ich halte kurz ein, überlege und antworte zögerlich: »Ihr habt doch eure Mutter sicher erlebt, wie sie auf jemand sauer, wütend und aufgeregt reagierte. Ging das leise oder ohne große Gemütsregungen vor sich? Oder hat sie laut getobt und dabei wenig Rücksicht darauf genommen, ob Unbeteiligte das mitbekamen oder nicht?«

»Na, ja, leise ist sie, wenn sie wütend ist, nicht unbedingt«, gesteht Yannick unumwunden ein und Katharina relativiert eilig: »Meistens gibt es ja auch Gründe, wütend zu sein.«

»Vielleicht versteht ihr dann auch, dass ich eine heftige Auseinandersetzung mit ihr in der Öffentlichkeit – und dieser Streit wäre in der Öffentlichkeit auf dem Schulhof ausgetragen worden, keinen Wert gelegt habe.«

Yannick signalisiert mit einem angedeuteten Nicken so was wie Zustimmung, Katharina drückt ihre Haltung dazu dadurch aus, indem sie ihr Arme vor ihrem Oberkörper verschränkt.

»Als Ihr später auf dem Gymnasium wart, habe ich euch gelegentlich beobachten können, – ich habe mich nicht getraut, mit euch Kontakt aufzunehmen, weil ich befürchtete, dass euch eure Mutter abholt und wenn sie euch mit mir antrifft, hätte das sicher zu jeder Menge Ärger – für euch – geführt.

Es schmerzt, seine Kinder nicht begleiten zu können. Meine Versuche, mithilfe eurer Mutter den Kontakt zu euch herzustellen, schlugen fehl. Habt Ihr sie einmal gefragt, wie oft ich das versucht habe?«

Ich erinnere mich an einen Brief, den ich Nicole zur Verbesserung der Situation schrieb:

Guten Tag Nicole,
mein Brief an Katharina und Yannick ist fertig und könnte verschickt werden. Dass ich ihn nicht versende, hat wichtige Gründe: Die Frage, ob mein Wunsch, mit den Kindern zusammen zu kommen, sich vernünftig realisieren lässt, hat sich nicht eindeutig beantwortet.
Ja, ich liebe meine Kinder, auch wenn ich sie nicht wirklich kenne.
Ja, ich möchte Ihnen gerne zur Seite stehen, wenn sie mich brauchen.
Ja, ich möchte an ihrem Leben teilhaben.
Es ist ein tiefes Gefühl, eine Sehnsucht in mir, Katharina und Yannick zu sprechen und Ihnen zu erklären, dass sie weder Anlass noch Ursache für mein Weggehen sind, und der Schmerz, den ich durch mein Fehlen den beiden zugefügt habe, ist mir sehr bewusst.
Unser Gespräch ist mir immer und immer wieder durch den Kopf gegangen und ich glaube, es ist falsch, wenn ich versuche, den Zeitpunkt festzulegen, wann ein Kontakt zu Katharina und Yannick entsteht. Sie mussten

einen wichtigen Teil ihres Lebens, ihre Kindheit ohne
Vater erleben und nichts kann diese Zeit zurückbringen.

Du hast erklärt, dass Yannick mit „fliegenden Fahnen"
käme, Katharina aber nur ihren „alten Papa"
wiederhaben möchte. Yannick sucht nach einem Vorbild,
bei Katharina entspreche ich dem gerade wohl nicht
mehr. Was passiert, wenn plötzlich ein Vater auftaucht,
der überhaupt nicht den Vorstellungen oder
Erwartungen entspricht, weil man ihn nie kennenlernen
konnte? Die geschädigten Seelen erleiden neuen
Schaden, für den ich nicht schon wieder Anlass und
Ursache sein möchte.
Deshalb sollten nur die beiden darüber bestimmen, ob
und wann sie mich sehen, sprechen, erleben und dadurch
kennenlernen wollen.
Das kann behutsam und in dem von den Kindern
bestimmten Tempo geschehen.
Gib Ihnen meine Telefonnummern, Festnetz und Mobil
und da sie ja beide eifrige Computernutzer sind, können
sie mich auch per E-Mail erreichen. Meine Postanschrift
besteht unverändert, vielleicht möchten sie mir ja einen
Brief schreiben.
Sie selbst sollen festlegen, ob, wann und wie sie den
Kontakt möchten.
Darüber hinaus bitte ich dich, mich über die Entwicklung
von Katharina und Yannick zu informieren. Wenn „es
brennt", versuche ich zu helfen, so gut ich kann.
Vielleicht kann ich auf diese Weise wenigstens etwas an
ihrem Leben teilhaben.

Unbefriedigend sicher! Keinesfalls möchte ich die beiden verletzen, irritieren oder ihnen in irgendeiner Art und Weise schaden.
Mir bleibt die Hoffnung, dass Katharina und Yannick das verstehen und mir verzeihen können, dass ich ihnen als Vater nicht wirklich zu Seite stehen konnte.

Wenn du einen anderen, besseren, für uns alle annehmbaren Weg siehst, melde dich bitte.
In diesem Sinn
alles Liebe für Katharina und Yannick.

Dieser Brief wurde nie beantwortet!

»Erinnert Ihr euch an die Zeit, als wir uns schließlich zeitweise doch trafen und miteinander reden und etwas unternehmen konnten? Nach diesen Treffen habe ich Gedächtnisprotokolle" geschrieben, um diese glücklichen Momente festzuhalten. Diese mit Bleistift hastig aufgeschriebenen Erinnerungen vermitteln nur zum Teil die Freude und das Glück, welches nicht nur ich, sondern offenbar ihr, Katharina und Yannick empfunden habt.«

In Ordnung, am Sonntag, halb zwei, treffen wir uns auf der Insel an der Inline-Bahn. Katharina und Yannick wollen skaten. Für dich eine gute Möglichkeit, einfach dazu zu kommen, meinte Nicole. Das ist auch für die Kinder am besten und ihr könnt ganz locker miteinander umgehen, ohne Stress!
Im November vor neun Jahren war ich ausgezogen, Katharina war da gerade 2 Jahre und Yannick 4 Monate alt.

Jetzt der erste ernsthafte Versuch einer Annäherung nach Trennung, Beschimpfungen, Unterhaltsprozessen, Verurteilungen, polizeilichen Hausdurchsuchungen und fehlgeschlagenen Gesprächen zwischen Vater und Mutter, ungelenken Vermittlungsversuchen von „Oma" – Fehlschlag!

Klima bisher: kalt, unnahbar, ablehnend, berechnend, von äußerster Vorsicht und Misstrauen geprägt.

Treffen Skate Bahn:

Katharina: = Erkennen, Yannick → Das ist Er ?!?

Yannick, neugierig, scheu, aufgeregt =

Hallo……ich fahre erst das fünfte Mal Inline, meine Schwester kann das besser.

Katharina, seit 4 Tagen Zahnspange (wie mir Nicole leise erklärt):

….wir fahren nur ein bisschen.

Ungewöhnliche, beobachtende Lage, keinesfalls unangenehm, aber angespannt.

Katharina zu ihrer Mutter: „Der ist aber schon alt"

Ich habe es gehört, reagiere aber nicht, fühle mich aber plötzlich wirklich alt, weil man mir sonst eigentlich immer noch eine gewisse Jugendlichkeit nachsagt. Aber für einen Teenie bin ich offenbar „alt", – das ist so!

Nach 10 Minuten „Komm' lass uns was Ballspielen gehen". Wir müssen etwa einen halben Kilometer mit dem Auto zu dem Platz fahren. Die Kinder fahren in Nicoles Auto, ich fahre hinterher, nur der Fußball fährt mit mir mit.

Fußballplatz:

Es ist so ein typischer April-Sonntag, an dem ohne Sonne es noch lausig kalt ist; wenn die Sonne scheint, schwitzt man entsprechend. Vor und neben dem kleinen

Fußballplatz und seinen Metall-Toren und –netzen einschließlich eingebauter Torwand jede Menge Hundescheiße, was bei Nicole entsprechende Kommentare provoziert.

Katharina und Yannick sind nach der kurzen Autofahrt irgendwie entspannt oder der „erste Schock" scheint wohl nicht ganz so schlimm gewesen zu sein und sie fragen, wer gegen wen spielt.
Ich bekenne mich als schlechten Fußballer und schlage vor: Yannick gegen Katharina und mich.
Heftiges Spiel mit heftigen Aktionen, Torsituation eindeutig zugunsten von Yannick. Katharina, aber zurückhaltend. Nachdem wir uns regelrecht ausgetobt haben: Bitte noch zur Seilbahn. Die Seilbahn neben dem Sportplatz besteht aus einem gespannten Seil, an dem ein Seil mit „Sitzknoten" hängt, mit dem man vom erhöhten Start bis zu dem gut 70 Meter entfernten Endpunkt herunter rauscht – wenn man sich entsprechend positioniert und festgehalten hat. Diese Seilbahn ist bei Kindern sehr beliebt und Katharina und Yannick müssen sich die Bahn mit zwei fremden Kindern teilen. Sie warten geduldig, bis sie dran sind.
Dann aber anschieben, um genügend Fahrt und Schwung zu kriegen von – Papa-. Katharina als Erste: eins, zwei, drei mit Juchhe abwärts. Großer Spaß, erstes richtiges freudiges Lachen von Katharina.
Dann Yannick: Eins, zwei, zweieinhalb, drei wie zuvor Katharina viel, sehr viel entspannte Freude der beiden. Nach vier Mal Seil wieder an den Startpunkt holen und Anschieben meint Nicole, dass es nun erst mal genug sei und man jetzt noch etwas anderes machen könne.

Nicole meint: Katharina und Yannick wollen etwas von dir wissen.

Yannick: Wie alt bist du? Na, was schätzt du denn? Ich denke 58! Fast antworte ich leg' noch ein Jahr drauf, dann stimmt es! Nicole hatte sie vorher – falsch - informiert.

Au, da habe ich bisher immer ein falsches Datum angegeben. Mensch, dann wirst du ja bald 60?!?

»Diese Treffen fanden nur in einem Jahr, lediglich in der Zeit von April bis Juni statt, – dann war alles schon wieder vorüber.

Es waren kontrollierte Treffen.

Immer nur auf Sportplätzen.

Eure Mutter hat immer Ort, Zeitpunkt und Dauer bestimmt. Wann und wo ich euch sehen konnte - sie hat es bestimmt und sie war immer mit dabei, immer in unmittelbarer Nähe. Es gab zu keinem Zeitpunkt die Möglichkeit, euch alleine zu treffen oder etwas mit euch alleine zu unternehmen.

Wir konnten uns nur dort sehen, wo du Yannick mit eurer Mannschaft Fußball gespielt hast oder bei dem letzten Zusammentreffen, als ihr mit eurer Mannschaft an einem Turnier teilgenommen habt.

Aber es gab Momente, in denen wir zumindest zeitweise quasi „unter vier Augen" alleine zusammen waren.

Das waren die Augenblicke im Auto, wenn wir von einem Sportplatz wegfuhren, irgendwo einen Zwischenstopp einlegten und einer von euch mit mir fahren musste, weil nur ein kindgerechter Sitz in meinem Auto vorhanden war.«

»Stimmt«, nickt Yannick eifrig, »jetzt, wo du das sagst, fällt mir das auch auf. An Katharina gewandt fragt er: »Hast du das nicht gemerkt?« »Doch«, kommt es unwirsch von ihr, mehr nicht.

Auf der Fahrt zum Entenfüttern am Rhein. Soll ich alleine fahren, oder fährt jemand mit mir mit? Ich, ruft Yannick, ich auch tönt es von Katharina, aber der Kindersitz ist ziemlich fest in Nicoles Auto eingebaut und lässt sich nur mit großer Mühe ausbauen. Der Sitz bleibt dort, wo er ist und Yannick fährt alleine mit mir mit auf der Sitzerhöhung für Kinder.

Eigentlich müsstest du ja hinten sitzen Yannick. Der spielt aber den „Großen": Bei Mama sitze ich ja auch meistens vorn.
Als er im Wagen sitzt, begutachtet er alles fachmännisch, das Auto scheint ihm zu gefallen. Was ist denn das mit Blick auf die Freisprecheinrichtung, die ich vorne am Armaturenbrett montiert habe. Ich erkläre ihm die Funktion und Vorteile von Bluetooth, weil ich das Handy sonst während der Fahrt aus der Tasche fummeln müsste und dadurch mich und andere vielleicht gefährde. Und außerdem ist es ja verboten, mit Handy am Ohr Auto zu fahren. Wieso telefonierst du denn aus dem Auto? Weil manchmal das Auto mein Büro ist. Weißt du, ich arbeite im Außendienst und da rufen gelegentlich Mandanten an und da ist es wichtig, dass ich sofort reagieren kann.
Yannick scheint beeindruckt, zumindest lässt sein Gesichtsausdruck darauf schließen. Bis wir am Ziel, das nicht weit ist, angekommen sind, stellt er keine weiteren

Fragen. Am Rhein angekommen füttern wir gemeinsam Schwäne und einige Enten mit den von Nicole mitgebrachten alten Brötchen – sie hatte diesen Zwischenstopp anscheinend eingeplant. Neben den Enten fordern weitere Vögel ihren Anteil an dem Brot ein.

Wir alle sind uns einig, dass die Luft-Ratten", also die Tauben, nichts kriegen sollen. Katharina und Yannick versuchen das vorhandene Brot möglichst gleichmäßig und gerecht an alle Vögel, die Schwäne und Enten zu verteilen.

Katharina bewundert die Farbe einer ungewöhnlich „braunen" Taube und Nicole, die eine Spiegel-Reflex-Kamera dabei hat, fotografiert alles.

Brot ist alle, – wohin jetzt?

Ich kenne eine Eisdiele in der Nähe und lade zum Eis ein. In die Autos: Katharina will dieses Mal mit mir fahren. Für mich eine ungewohnte Situation und ich nehme sie zum Anlass, Katharina zu erklären, zu versprechen:„Dieses Treffen soll ein Anfang sein, und ich verspreche dir und Yannick, dass ich künftig regelmäßig mit euch zusammen sein möchte, wenn ihr das wollt, und ich werde nicht einfach wieder so verschwinden"
Katharinas Wangen glühen regelrecht, ich habe den Eindruck, dass es ihr wichtig ist, das zu hören. In der italienischen Eisdiele angekommen, hocken wir uns alle auf eine Rundbank. Die „Mädels" Nicole und Katharina verschwinden Richtung Toilette und Yannick bestellt „Schoko-Becher".

„Isse serr groß für Kinder" gibt der Kellner zu bedenken und wir einigen uns auf eine Ausführung des Bechers in

„Kindergröße". Katharina nimmt das Gleiche wie
Yannick und die Erwachsenen machen ihre üblichen
Bestellungen.

Am Tisch sprudeln die Worte regelrecht aus den
Mündern der Kinder: Von bereits gegessenen Riesen-
Eisbechern, von der Schule, vom Urlaub mit Mama und
Opa und Oma, von New York, vom Handball, vom
Fußball und vom nächsten Spiel, das am kommenden
Freitag bei Yannicks und Katharinas Verein stattfinden
soll. Die beiden spielen im gleichen Verein. „Kommst du
gucken?" Klar, wenn ich keine Termine zu diesem
Zeitpunkt habe, – aber ich gebe euch rechtzeitig
Bescheid.

Nach dem Bezahlen einigen wir uns auf einen
abschließenden Besuch auf der „Messe", einer Kirmes,
die gerade dort stattfindet. Aber nur gucken, mahnt
Nicole und die Kinder akzeptieren das, ohne zu murren.
Jetzt will Yannick wieder mit mir im Auto fahren.

Mir scheint, Katharina wäre auch sehr gerne in meinem
Wagen mitgefahren, – was durch den fehlenden Sitz
leider nicht ging. Auf der Fahrt zur Messe erzählt Yannick
von der Schule. Dass er eine Klasse übersprungen hat
und sich jetzt, nach den Sommerferien auf das
Gymnasium freut, dass seine Schwester bereits besucht.
Hat das Überspringen in der Grundschule Probleme
gemacht, frage ich Yannick. Na ja, ich habe zweieinhalb
Freunde, aber das reicht ja. Er zählt als Freunde Nils,
Jakob und einen weiteren „halben" Freund, den er aber
nicht namentlich erwähnt auf. Nachdem ich etwas
unorthodox geparkt habe, marschieren wir zu viert in

Richtung „Messe". Yannick nimmt mich an seine Linke,
seine Mutter an die rechte Hand. Auf der Messe werden
die Fahrgeschäfte und die Buden ausgiebig bewundert,
ohne dass wegen Nutzung oder etwas zu kaufen
gequengelt wird. Jakob, Yannicks Freund wird getroffen
und es kommt doch zu einer Zweier-Gondelfahrt mit
Yannick und Katharina. Danach spendiere ich eine Runde
Wurfpfeile, der Gewinn ein „Traumfänger", kleiner als
erhofft, aber immerhin 10 Pfeile, 8 Treffer jeder 4,
Katharina wie Yannick. Auf dem Weg zum nächsten
Platz klettert Yannick auf einer Mauer entlang,
Katharina natürlich hinterher, – aber etwas ängstlich,
nimmt meine stützende und helfende Hand, ohne zu
zögern an. Auf dem Platz befindet sich ein Denkmal und
ich erzähle ein wenig von dem, was ich zu dieser Figur
weiß, und die Kinder scheinen darüber etwas überrascht
zu sein.

Wir sind auf dem Weg zum Parkplatz, wo wir uns
voneinander verabschieden und treffen erneut auf
Yannicks Freund Jakob mit dessen Eltern.
Yannick erklärt Jakob: Das ist mein Papa! Von Jakob
kommt darauf keine besondere Reaktion, aber Yannick
war es wohl ein Bedürfnis, das bekannt zu geben.
Yannick hat der Tag offenbar so gut gefallen, dass er
jetzt vorschlägt, jetzt noch gemeinsam zu Abend zu
essen.
„Dieses Mal nicht", erfahren Katharina und Yannick von
ihrer Mutter, „aber ein anderes Mal gerne."
Verabschiedung „per Handschlag". Erst Katharina, dann
Yannick. Ich ziehe erst Katharina, dann Yannick zu einem

kurzen „Drücken" an mich vorsichtig, weil ich sie nicht
überrumpeln will, – aber es scheint beiden zu gefallen.
„Tschüss, war toll mit euch, bis bald!"
„Ja, bis bald" – von beiden.
Mit einem glücklichen Gefühl steige ich in mein Auto und
fahre los.
Abends von Nicole kommt eine SMS: DANKESCHÖN
Feedback: „Sie haben sich sehr gefreut!"

»Du Katharina, hast mich bei diesen Treffen ständig sehr
kritisch beobachtet und ich hatte häufig das Gefühl, dass
du dich nicht traust, auf mich zuzugehen oder mir das,
was dich bewegt, zu sagen. Mit jedem Treffen schien sich
dieser Eindruck zu verstärken und ich habe mich gefragt,
was ich dir angetan habe.«

»Das fragst du wirklich?«, platzt es empört aus
Katharina- »DU hast uns verlassen, verstoßen, dich nie
um uns gekümmert und dann fragst du, was du mir
angetan hast? Hältst du mich für so gefühllos? Du hast
mich, du hast uns so tief verletzt, dass die Wunden, die
du uns geschlagen hast, bis heute nicht verheilt sind.«
Erneut habe ich das Gefühl, dass es mir das Herz zerreißt.

»Katharina Yannick! Versteht Ihr nicht, dass ich keine
Chance hatte, euch zu sehen, mich um euch zu kümmern,
für euch da zu sein?
Yannick, nach diesem letzten Wiedersehen bei diesem
Fußballturnier, erklärte mir Eure Mutter, dass Ihr, meine
Kinder euch nicht mehr mit mir treffen wollt.
Ich habe sie nach dem Grund gefragt und sie erklärte mir,
dass du Katharina, die Treffen nicht hättest ertragen

können. Ich hätte mich ja überwiegend fast nur mit Yannick beschäftigt und dir kaum Aufmerksamkeit geschenkt.

Als ich darüber nachgedacht habe, musste ich Nicole zum Teil recht geben, weil ich mich tatsächlich die meiste Zeit mit Yannick beschäftigt und dich unbeabsichtigt vernachlässigt habe.

Vielleicht lag es aber auch daran, dass du Yannick vom ersten Augenblick unserer Treffen sehr intensiv den Kontakt zu mir gesucht und gehalten hast.

Du warst die ganze Zeit immer in meiner unmittelbaren Nähe, hast sie gesucht und ich weiß nicht, wie oft wir uns die Hände gegeben oder einfach nur berührt haben.

Wenn du auf dem Fußballplatz spieltest, hast du nach gelungenen oder auch misslungenen Aktionen den Blickkontakt gesucht und ich habe versucht, dich anzufeuern.«

In Yannicks Augen schimmert es verdächtig und ich versuche die Situation mit dem Hinweis, dass Fußball eben eher ein „Männerding" sei, zu entspannen.

Weil Gespräche nicht wirklich funktionierten, schrieb ich Nicole einen Brief:

Guten Tag Nicole,
als ich mich entschlossen habe, einen Weg zu meinen Kindern zu suchen, war mir bewusst, dass ich das alleine nie schaffen kann. Auch wenn ich nicht direkt mit deiner Hilfe gerechnet habe, hatte ich auf Zustimmung und Unterstützung in der einen oder anderen Situation gerechnet. Darauf hoffe ich nach wie vor, habe aber derzeit starke Zweifel, ob es auch in deinem Sinn ist,

wenn ich versuche, mit Katharina und Yannick Kontakt aufzunehmen.

Ich will dir sagen, was mich zu dieser Vermutung führt: An dem Fußballturnier in Bornheim hast du mir erklärt, dass Katharina sagt, ich solle weggehen und sie in Ruhe lassen.

Mir ist durchaus klar, dass ich nach einer so langen Zeit nicht einfach wieder zur Tagesordnung – wie immer diese aussehen sollte, – übergehen kann. Was mich aber mehr als erstaunt ist der Umstand, dass Katharina aus einer für mich so empfundenen neutralen und abwartenden Haltung in eine brüske Ablehnung wechselt.

Was ist passiert?

Was habe ich in der Zeit des „neuen Kennenlernens" falsch gemacht?

Wann habe ich Katharina erneut verletzt?

Womit habe ich sie irritiert?

Bin ich überhaupt die Ursache für ihre Einstellung?

Eine Antwort ist nicht erkennbar – für mich stellt sich die Frage, ob es vielleicht andere Einwirkungen gibt, die Katharina beeinflussen?

Wenn das so ist, habe ich schlechte Chance, mein Verhältnis zu meiner Tochter zu ordnen. Es sollte so geordnet sein, dass es für Katharina in Ordnung ist und so auch mit Yannick eine gute Beziehung erreicht wird. Katharina und Yannick haben nach meiner Beobachtung ein sehr gutes geschwisterliches Verhältnis zueinander. Das will ich nicht stören, bin mir aber bewusst, wenn ich jetzt mit Katharina nicht klarkomme, wird es auf Dauer auch mit Yannick schwer möglich sein, eine gute Beziehung aufzubauen. Hinzu kommt, dass ich im

Augenblick nicht mehr bin als ein „Fußballplatzvater". Ist dir aufgefallen, dass die Treffen mit Katharina und Yannick, wenn man vom ersten Mal absieht, immer nur auf Sportplätzen stattgefunden haben?
Es waren meist eine Menge Menschen um uns herum, aber sich richtig kennenlernen kann man so nur stark eingeschränkt.
In den letzten zwei Wochen habe ich mehrfach versucht, dich zu erreichen. SMS = Fehlanzeige, Anrufe unbeantwortet, weil keine Verbindung. Schau' mal die Verbindungsanzeigen auf deinem Mobiltelefon an.
Dann deine SMS an mich zu dem Zusammentreffen mit Sebastian. Wenn ich den Text lese, frage ich mich, für wen oder was du mich hältst?
So sehr ich dich ja wegen unserer persönlichen Differenzen verstehen kann, aber glaubst du wirklich, ich würde Sebastian irgendeinen, – wie du es formulierst – Scheiß erzählen, um ihn dir gegenüber zu beeinflussen? Sebastian ist ein sehr kluger junger Erwachsener, der seine eigene Meinung entwickelt hat und seine Standpunkte – ohne seinen Vater – vertritt. Ist es gut, wenn nach Jahren der Trennung einfach und locker einem 19-Jährigen durch ein Autofenster von seinem Halbbruder zugerufen wird: Hallo Bruderherz, schön, dich zu sehen!? ! Sebastian hat diese Begegnung sehr bewegt und ganz und gar nicht kalt gelassen.
Unter diesen Aspekten halte ich deine SMS für unangebracht, – vergessen wir sie einfach.

Wäre es nicht schön, Nicole, wenn Katharina und Yannick die dauerhafte Gelegenheit hätten, ihren Vater richtig kennenzulernen? Nicht nur auf Sportplätzen,

sondern in den alltäglichen Umgebungen. Und zwar in regelmäßigen Abständen, nicht nur nach Turnier- und Spielplänen. Vielleicht kann ich dann zumindest im Rahmen der Möglichkeiten der Vater werden, den sich Katharina und Yannick wünschen. Bei den Freuden dabei sein dürfen und bei Problemen helfen. Ihre Fragen, die sie mir bisher nicht gestellt haben, persönlich zu beantworten. Ihnen die Möglichkeit geben, sich ein eigenes Bild von ihrem Vater zu machen. Wie gesagt, alleine kann ich das nicht schaffen. Nach wie vor gehe ich davon aus, dass wir das gemeinsam angehen und mit der gleichen Zielsetzung vorgehen.   Aus diesem Grund bitte ich dich um ein Gespräch, in dem wir die künftige Vorgehensweise abstimmen sollten.
Im Sinn von Katharina und Yannick müssen wir eine Lösung finden.
Bitte rufe mich an, damit wir rasch Antworten finden.

»Ein weiterer Brief, der kein gemeinsames, zu einer Lösung führendes Gespräch auslöste – sehr schade Es wurde kein Gespräch geführt und es wurden keine Antworten gefunden – Schade!
Danach war wieder jahrelang kein Kontakt möglich.
Irgendwann habe ich Yannick auf Facebook entdeckt, seine Handynummer erfahren und ihm mit dem Vorschlag eines Treffens eine WhatsApp geschickt.

Erinnerst du dich, Yannick?«

Yannick schluckt, nickt stumm mit einem Seitenblick auf Katharina.

»Schließlich haben wir uns doch getroffen, – wir haben in einem Mini-Café gemeinsam gefrühstückt und konnten uns das erste Mal richtig unterhalten. Meistens habe ich dich mit meinen Fragen „gelöchert", aber du, Yannick, hast mir auch eine Menge Fragen gestellt.«

Yannick nickt, immer noch stumm, Katharina schaut fragend in seine Richtung, er aber bleibt weiter still und kommentiert mich nicht.

»Unser Gespräch drehte sich dabei im Wesentlichen darum, was wir so machen. Es war eigentlich mehr so ein typisches „Kennenlerngespräch", das zwei im Grunde Fremde miteinander führen, um zu erfahren, wer der andere ist, was ihn interessiert oder wie der andere so tickt. Du musstest anschließend schnell wieder nach Hause, Yannick, weil du zu Hause eine Zeit angegeben hättest. Wir hatten vereinbart, uns bald wieder zu treffen, damit wir mehr voneinander erfahren.«

»Es gibt in meinem Leben einige Glücksmomente.«

»Dieses Treffen mit dir Yannick war so ein Moment, an den ich immer wieder gerne zurückdenke. Das erste Mal hatte ich die Hoffnung, dass sich alles zum Guten wenden und sich unser Verhältnis endlich „normalisieren" könnte, auch mit dir Katharina.«

»Du verfügst offenbar über eine Menge Zweckoptimismus,« fällt mir Katharina ins Wort, »und, ich wundere mich ehrlich gesagt, woher du den Mut dazu nimmst.«

»Komisch, ich habe doch die ganze Zeit auch heute nichts anderes getan, als meine Haltung, meine Liebe zu euch zu erklären. Erkennst du das nicht«, beantworte ich ihren Einwand.

Ohne auf eine Antwort zu warten, wende ich mich direkt an Yannick, um unsere Treffen und deren Beendigung zu kommentieren: »Als wir uns dann noch mal trafen Yannick, konnte ich dir mehr von mir, meinem Leben und dem, was ich tue, erzählen und umgekehrt durfte dich etwas näher kennenlernen.

Schließlich kam – unweigerlich – auch die Sprache auf eure Mutter.

Sei mir bitte nicht böse Yannick, wenn ich auf eine Sache, die mir besonders aufgefallen ist, zurückkomme. Dich hat das „häusliche Chaos", wie du es nanntest, ziemlich gestört. Nicole hatte zu der Zeit eine Agentur für „Kinder-Events", also Geburtstage und ähnliche Festivitäten für Kinder betrieben, um zusätzlich Geld zu verdienen. Das hielt ich damals wie heute für eine schwierige Geschäftsidee, hoffte aber für euch, dass sie funktioniert.

»Nein, ich bin dir nicht böse,«, antwortet er, um anschließend zu bemerken »ICH habe von dem Chaos angefangen und dir davon erzählt.«

»OK, wenn ich das richtig verstanden habe, dann war der entscheidende Teil dieser Geschäftsidee, diverse Spiele, Spielsachen, die als Pakete zu den Aufträgen zusammengestellt, bei den Veranstaltungen, die ebenfalls durchgeführt wurden, zu verwenden. Ihr wart aus dem Haus der Urgroßeltern weg- und in ein kleines Haus in unmittelbarer Nachbarschaft umgezogen, wo ausreichend Platz für die Durchführung der Idee gewesen ist.«

»Ja genau so war es«, stimmt Yannick zu.

»Du hast beschrieben, dass in Eurer Wohnung überall diese Spiele, die Spielsachen und was sonst noch zu der Ausrüstung für diese Events vorbereitet wurde, herumlag und für ein andauerndes und für dich nicht akzeptables Chaos sorgten.
Das war daher offenbar immer häufiger Anlass zu Streitereien mit deiner Mutter und du hast dich aus diesem Grund meist auf dein Zimmer zurückgezogen.«

»Richtig vorher haben wir uns oft deshalb gestritten, ich bin meistens auf mein Zimmer gegangen, weil ich auf den Streit und den Zirkus „keinen Bock" hatte.«

»Hast du jemals erlebt, dass ich deswegen oder wegen anderer Dinge irgendein Wort gegen deine Mutter erhoben habe? Deine Erzählungen blieben unkommentiert, weil ich dich nicht gegen deine Mutter aufbringen wollte. Schließlich musstest du mit ihr zusammen leben und wenn ich dich in deiner Frustration bestärkt hätte, wäre dein Leben noch schwieriger geworden, als es ohnehin schon war.«

Yannick hebt kurz seinen Kopf an, blickt zu seiner Schwester, nickt mir unmerklich zu, um erneut seine Schwester anzuschauen, deren Gesichtsausdruck eine

Mischung aus Erstaunen, Wut und Empörung ist, aber keinen Kommentar hervorruft.

»Bei diesem Treffen hast du mir erklärt, dass deine Mutter nichts von unseren Treffen wisse und du ihr auch nichts sagen möchtest, weil du ihre Reaktion darauf nicht abschätzen könntest und mit neuem „Theater" rechnest.«

»Und?«, fährt Katharina dazwischen.»Wozu hast du meinem Bruder geraten?

Ich ignoriere ihren Einwurf und frage:
»Yannick, erinnerst du dich, wie ich dir dazu geraten habe, sie nicht anzulügen?«

Seine Antwort ist wortlos, besteht nur aus heftigem Kopfnicken! Katharina bleibt stumm!

»Ich habe dir empfohlen, unseren Kontakt nicht mit einer Lüge zu belasten, weil das unweigerlich zu neuem Ärger führen würde. Schließlich war es ja nicht auszuschließen, dass uns jemand gemeinsam sieht und es deiner Mutter erzählt. Das würde sie als Vertrauensbruch empfinden und weil du ja mit ihr zusammenwohnst, hätte das zu unkalkulierbarem Ärger geführt. Du warst sehr zögerlich, hast mir aber schließlich zugestimmt, dass das auf Dauer das Beste sei.«

»Genau so war es exakt so, wie du es erzählst«

»Danach passierte etwas, das ich bis heute nicht verstehen kann. Du hast den Kontakt zu mir total abgebrochen. Alles, was ich unternommen habe, um herauszubekommen, warum, blieb erfolglos. Du hast auf meine WhatsApp nur ein einziges Mal geantwortet und mich einen Lügner genannt. Wo und mit was ich dich belogen habe, hast du mir nie erklärt, – ich konnte dich auch per Telefon oder WhatsApp nicht mehr erreichen. Ich vermute, dass du mich auf deinem Handy „blockiert" hast.

Erinnerst du dich an meine Versuche, dich zu erreichen?«

Yannick s Blick weicht mir aus. Er starrt vor sich hin und schweigt.

Was würde ich dafür geben jetzt seine Gedanken lesen zu können?

»Es war kurz vor deinem Geburtstag, als unser Kontakt abriss. Ich konnte dir nicht gratulieren.«

Meine Versuche, per WhatsApp-Chat Gespräche zu führen:

16. Juli ......
Wie kann man dich erreichen? Gestern wollte ich dir zum Geburtstag gratulieren und da hat das nicht funktioniert. Deshalb jetzt verspätet – alle Liebe und Gute!
Dein DAD Joachim

3. August ... ..
Guten Tag Yannick, mit meinen Kontaktversuchen möchte ich dir keinen Stress machen. Es geht darum, dass ich dich und deine Schwester um ein Gespräch bitte,

bei dem ich die Möglichkeit einer Klärung unserer Beziehung erhalte.

Meine Differenzen mit eurer Mutter haben nichts mit meinen Gefühlen für euch zu tun. Ehe ihr mich be- oder verurteilt, solltet ihr mir die Chance einräumen, die jedem Beschuldigten zusteht, – nämlich der Anhörung. Gebt mir die Gelegenheit der Information aus „erster Hand". Danach werde ich eure Entscheidungen akzeptieren.

Alles andere wäre unfair und inhuman.

Du, ihr könnt mich unter (die Rufnummer ist ja bekannt) oder via Mail jederzeit erreichen. Es wäre schön, bald von euch von dir zu hören.

Dein, euer DAD Joachim

23. Dezember .....

Ich wünsche dir und deiner Schwester frohe Weihnachten und ein neues gutes Jahr. Vielleicht ist es ja das Jahr, in dem wir wieder zusammenfinden können. Auch wenn ihr beide skeptisch seid, – ich denke, die Zeit ist langsam reif dazu.

Es vergeht kein Tag, an dem ich nicht an euch denke!

Liebe Grüße, euer Vater
Joachim
P.S.: Ich wünsche natürlich auch eurer Mutter, dass es ihr gut geht.

20. Januar .....

Auch wenn du mir nicht antwortest, solltest du dir einmal diese Seite genau anschauen.

Vielleicht fällt dir ja etwas auf.

Es folgen die Daten des Xing-Profils von Sebastian, auf der er unter der Rubrik „Ich suche" unter anderem auch „ KATHARINA & YANNICK " eingetragen hat.

»Einmal, Yannick, hast du doch auf meine Mail-Anfrage geantwortet. Es war Anfang März, als du gefragt hast: „Ich weiß nicht, was ich davon halten soll... .Ich wünsche mir einen Vater, aber all die Jahre war kein Kontakt von dir. Wieso hast du jetzt Interesse?"
Erinnerst du dich an meine Antwort?«

Der Angesprochene schüttelt langsam den Kopf und ich zitiere aus meiner Antwort-Mail:

Frage bitte einmal deine Mutter, warum es keinen Kontakt gab. Ich kann dir versichern, dass ich i m m e r Interesse an dir an euch, Yannick und Katharina hatte und habe.
Habt ihr meine Briefe nie bekommen?
Meine Karten zu verschiedenen Anlässen?
Ich will dich nicht in Verlegenheit bringen, – aber du kannst jederzeit mit mir sprechen, – wenn DU es willst. Nicht nur via Facebook, sondern auch telefonisch oder persönlich. Ich warte seit Jahren darauf.
Alles Liebe Dein Vater, Joachim
»Du hast nie auf diese Mail geantwortet oder bei mir die Fragen gestellt.«

»Ostern habe ich dir Yannick erneut Grüße geschickt und einen weiteren Versuch unternommen, dass vielleicht über den Umweg eures Bruders Sebastian vielleicht doch ein Kontakt auch zu mir möglich wird.«

Hallo Yannick, irgendwie kann ich ja verstehen, wenn du oder Katharina nicht mit mir sprechen wollt. Aber vielleicht liegt euch etwas an eurem Bruder Sebastian. Wenn du/ihr mögt, schickt ihm eine SMS oder WhatsApp auf sein Handy, – ich habe die Nummer genannt.
Er weiß nicht, dass ich dir die Nummer gegeben habe, – aber vielleicht könnt ihr wenigstens miteinander reden.

Dein/euer Vater
Joachim

Yannick schaut erst zu mir, dann zu seiner Schwester, als wisse er nicht, wie er auf diese Ansage reagieren soll, ringt sich aber doch zu einer Antwort durch: »Stimmt, du hast mir Sebastians Adresse und Telefonnummern geschickt – und die Mail-Adresse richtig. Ich habe mit ihm seitdem gelegentlich Kontakt«

Es sind meines Wissens nach mehr als „gelegentliche Kontakte", aber ich schweige dazu, um mehr über Sebastian zu sprechen:

»In dieser Zeit veränderte sich in Sebastians Leben einiges. Seine Firma hatte ihm angeboten, im Ausland zu arbeiten, und er fragte mich, was ich davon halten würde. Auch wenn ich ihn bei einer Auslandstätigkeit vermutlich nicht mehr so häufig wie bisher treffen konnte, habe ich ihm geraten, dieses Angebot anzunehmen. Eine Auslandstätigkeit macht sich in beruflichen Lebensläufen immer gut. Sebastian hat sehr konkrete Vorstellungen darüber, wie sein Berufsleben aussehen soll, für ihn wäre es vielleicht eine weitere Stufe auf seiner Karriereleiter.

Mir war es wichtig, dass Ihr darüber informiert seid und deshalb habe ich euch via Mail über diese anstehende Veränderung informiert, damit Ihr, wenn Ihr Kontakt mit Eurem Bruder haben möchtet, diesen auch im Ausland halten könnt.«

Anfang Mai schrieb ich:
Guten Tag Yannick,
nur für den Fall, dass du/ihr an einem Kontakt zu eurem Bruder interessiert seid: Er geht in Kürze für mindestens zwei Jahre ins Ausland.
Wann sonst, wenn nicht jetzt, Gelegenheit, miteinander zu reden, – es muss ja nicht über mich sein.
Ich wünsche dir/euch ein schönes Wochenende
Dein/euer Vater
Joachim

Yannick blickt wieder stumm mit ausdrucksloser Miene vor sich hin. Katharinas Blick drückt Erstaunen aus. »Warum sagst du nichts«, stößt sie ihn an – Yannick schweigt.

»Hör' auf meinen Bruder unter Druck zu setzen, richtet sie sich barsch an mich, aber ihre Augen wirken nicht mehr so stechend wie ursprünglich und scheinen ihren Wunsch eher flehentlich zu unterstreichen.
Ich berühre Yannick leicht am Arm –»Keine Sorge, ich will dir nichts, – ich erzähle doch nur, wie ICH alles erlebt habe. DU hast nichts falsch gemacht Yannick.«

Unter meiner Berührung zuckt er zusammen, als hätte er einen elektrischen Schlag bekommen. Seine Augen wandern flackernd verwirrt zwischen Katharina und mir hin und her.   » Alles gut, Yannick« flüstere ich und es scheint, als wache er aus einem tiefen Schlaf auf und versucht sich erst einmal zu orientieren.

»Yannick, weil du so hartnäckig geschwiegen hast und ich dich nicht mehr erreichen konnte, habe ich sogar deine Mutter angerufen und versucht herauszubekommen, was passiert ist, nachdem du dich ihr gegenüber erklärt und von unseren Treffen berichtet hast.«

     »Was hast du?«, fährt er erschrocken hoch?
»Damit hast du die Sache doch nur noch schlimmer gemacht. Jetzt weiß ich endlich, weshalb sie so wütend war. Du hast richtig Öl ins Feuer gekippt und ich musste es ausbaden. DANKE für nichts!«

Der eben noch ruhige Sohn blickt mit vergleichbar brennenden Augen, wie seine Schwester wütend auf mich, seinen Erzeuger.

»Das tut mir leid, ich habe nur versucht zu verstehen, warum du mich ablehnst. Unsere Gespräche, bei denen ich versucht habe, dir meine Handlungen zu erklären, waren doch konfliktlos und ohne Streit oder Anschuldigungen verlaufen. Du hast mir viele Fragen gestellt, die ich alle beantwortet habe.«

     »Ja, das hast du, aber es war alles gelogen!«

..........»sagt deine Mutter, und ich weiß bis heute nicht einmal WAS sie dir und euch genau erzählt hat. Mit meinem Anruf bei ihr habe ich auch nicht erfahren, was genau passiert ist, was gesagt wurde.

Ich habe, ich weiß nicht warum, den Dialog meines Anrufes bei Nicole unmittelbar nachdem sie aufgelegt hat, notiert.

Anruf, abends um 21:27:«

Nicole: Ja?

Joachim: Hallo!?

Nicole: Wer ist denn da?

Joachim: Ich bin's, Joachim.

Nicole: Und? Um was geht's?

Joachim: Es geht um Yannick und das wir uns getroffen haben. Hast du damit ein Problem?

Nicole: Da halte ich mich raus, das haben die Kinder selbst entschieden.

Joachim: Wie? Wieso?

Nicole: Ich sage dazu nichts, da sind sich die Kinder einig, das haben die Kinder selbst .entschieden. Ich sage dazu nichts, außer dass .ich es sehr traurig finde, dass DU die Gelegenheit nicht wahrgenommen hast, eine Beziehung aufzubauen, das haben die Kinder selbst entschieden.

Joachim: Warum sagt Yannick mir das nicht selbst?

Nicole: aufgelegt!

Ich habe nicht verstanden, weshalb Yannick mir nachdem wir bereits gesprochen hatten, nicht selbst sagte, was ihn beschäftigt. Nach dem, was Nicole erzählte, müssen Katharina und Yannick darüber gesprochen haben.

Wieso fragen sie mich nicht, wenn etwas unklar ist?

Welche Rolle spielte Nicole dabei? Was erzählte sie ihnen, dass sie offenbar so wütend auf mich sind?

Unbeantwortete Fragen.

Ich zögere einen Moment, schaue Katharina eindringlich an und frage, ob ich weitermachen soll.
Katharina nickt stumm und rückt näher an ihren Bruder, der immer noch wie aus einer Narkose erwachend um sich blickt.

Mit gedämpfter Stimme fahre ich fort:
»Ich weiß, dass Ihr Geschwister miteinander Kontakt bekommen und zeitweise sehr intensiv gepflegt habt. Sebastian hat nie von sich aus etwas von euch erzählt. Wenn ich ihn, weil es mich natürlich brennend interessiert hat, gefragt habe, hat er mir geantwortet. Seine Antworten beschränkten sich immer nur auf das, wonach ich ihn gefragt habe. Von sich aus hat er weder angefangen von euch zu sprechen, noch mehr erzählt, als zur Beantwortung meiner Fragen nötig war.

Sebastian war genau wie Ihr, ziemlich sauer auf mich. Immerhin musste er, genau wie Ihr ohne Vater aufwachsen.«

»Ich hoffe, dass Sebastian seine Empfindungen nicht verheimlicht hat« nuschelt Katharina vor sich hin.

»Sebastian war, als ich mich von seiner Mutter trennte, gerade 14 Jahre alt, mitten in der Pubertät. Für ihn und seine Mutter war das ähnlich schwer wie für euch. Sebastian hat keinen Augenblick, seine Wut über mich und die Tatsache, dass ich ihn und seine Mutter verlassen habe, unterdrückt, sondern mir mehrfach „den Kopf gewaschen" und mich einen „schwanzgesteuerten Idioten" genannt. Aber im Gegensatz zu euch konnte er erleben, wie seine Mutter und ich, trotz aller Differenzen, die bei der Trennung mit ziemlicher Wucht aufbrachen, versucht haben, ihn aus den Streitigkeiten herauszuhalten. Es gelang nicht, zumindest nicht so, wie wir es uns dachten!«

»Das wissen wir! Wir haben oft genug mit ihm gesprochen, um zu wissen, was du veranstaltet hast, um dir deine „heile Welt" zu erhalten«, bellt mich Katharina an, was zu einem merkwürdig erstaunten Gesichtsausdruck von Yannick führt.

»Mir ist nicht bekannt, ob ihr auch die „Vorgeschichte" kennt?«

»Welche meinst du?«, fragt Yannick und ergänzt fordernd Katharina: »Erzähl' einfach.«

»Sebastian hatte damals, vielleicht war das EINE Folge der langsam entstandenen Entfremdung seiner Eltern und schon vor der endgültigen Trennung ein ziemliches Ernährungsproblem, was bei ihm zu einem erheblichen Übergewicht führte. Um das wieder loszuwerden, kam er in eine mehrwöchige Kur, in der übergewichtige Jugendliche auf „vernünftige Ernährung" eingestellt werden sollten. Seine Mutter und ich besuchten Sebastian an einem Wochenende und dabei haben wir ihn über unsere Trennungsabsichten informiert.
Wir waren uns nicht im Klaren darüber, was wir in dem Jungen ausgelöst haben.
Als Eheleute hatten wir zu der Zeit miteinander „Krieg" und jeder versuchte für sich das Beste herauszuholen – menschlich ist das oft so, aber falsch, wie wir merkten.«

Katharina zischt: »„Arschloch", du hast dich wie „die Axt im Walde" benommen, genau wie bei uns – ohne Rücksicht auf das, was du bei anderen Menschen anrichtest.«

»Du hast recht Katharina! Dafür gibt es keine Entschuldigung, – ich kann das auch nicht mehr ändern, – ich habe Scheiße gebaut und kann JETZT nur das tun, was ich seit Jahren versuche: Es wieder gut zu machen, – soweit das überhaupt geht und vor allem euch drei um Verzeihung bitten.
Ich war ein Egoist und habe nicht zu Ende gedacht, was ich auslöse. Es tut mir unendlich leid, – aber es ist nicht mehr zu ändern!«

Katharinas Blick bleibt versteinert auf mich gerichtet, Yannick flüstert leise: »Mensch Papa, kannst du dir nicht vorstellen, wie wir gelitten haben?«

Ich kann nicht antworten, weil mein Hals wie zugeschnürt ist und mir nur der Versuch bleibt, seinen Arm wie zum Zeichen des Verständnisses und der Verbundenheit zu drücken, den Katharina schnell erschrocken von mir wegzieht. Mit gebrochener Stimme erkläre ich krächzend, dass mir diese Erkenntnis nicht erst heute gekommen ist: »Katharina, Yannick, mich quälen diese Gedanken seit Jahren. Es vergeht kein Tag, an dem ich nicht daran denke.«

Die beiden bemerken offensichtlich, dass mich dieses „Geständnis" emotional stark bewegt und schauen mich schweigend mit „großen Augen" an.

»Keinen eurer Geburtstage habe ich vergessen und euch Grüße geschickt.
Katharina, erinnerst du dich daran, was ich dir zu deinem 17. Geburtstag geschrieben habe?
Hast du diese Karte erhalten?«

Stirnrunzeln und Kopfschütteln ist die Antwort, – also ist dieser Gruß auch nicht angekommen.

Mein Bestreben war es, euch wirklich von Herzen kommende Grüße zu schicken, nicht allgemeine Grüße, vielleicht sogar auf gedruckten Vorlagen, die nur noch unterschrieben werden mussten. Ich habe die Texte jedes

Mal neu überlegt und aufgeschrieben und diesen trage ich seit Langem bei mir, ich lese ihn euch vor.

Nachdem ich den kleinen, zusammengefalteten Zettel aus der Handytasche heraus gefummelt habe, lese ich:

Guten Tag Katharina, jetzt bist du 17 Jahre alt und das letzte Jahr deiner „offiziellen" Kindheit ist angebrochen. Genieße dieses Jahr besonders und freue dich auf dein Erwachsenenleben, es wird dich zu neuen Horizonten bringen.
Ich wünsche dir für diesen und alle deine Wege alles Gute. Meine Liebe zu dir hat dich bisher immer und überall begleitet, weil ich dich, meine Tochter, sehr liebe. Auch künftig werde ich immer und überall mit meiner Liebe bei dir sein.
Dein Papa
Joachim

Katharinas versteinerter Gesichtsausdruck wird weicher und mir scheint, dass sie erstaunt ist und erwidert, fast unhörbar: »Das habe ich nicht gewusst.«

«Katharina«, und ich versuche all mein Gefühl in meine Stimme zu legen: »Solche Wünsche richte ich nicht an einen Menschen, der mir gleichgültig ist. Es ist absolut klar, dass du zu wenig von mir weißt, um mich richtig einordnen zu können. Dein Wissen von und über mich besteht nur aus einer Hälfte, und die ist einseitig geprägt. Das kann ich dir nicht übel nehmen, hoffe aber darauf, dass du heute so fair bist, dir auch die andere Seite anzuhören und erst danach das komplette Bild des Menschen, der heute vor dir steht, zu beurteilen.

Ich weiß, dass du das kannst, – ob du das auch willst, ist deine Entscheidung.«

Meine Tochter schaut mich einfach nur an – Zweifel und Ungläubigkeit scheinen in ihr zu arbeiten. Yannick fasst, wie tröstend nach Katharinas Händen.

An Katharinas 19. Geburtstag schrieb ich an Yannick:
Ich habe leider keine Kontaktdaten von Katharina. Bitte,
Yannick, schick ihr meine Geburtstagsgrüße:
An meine Tochter Katharina!
In meinen Armen sollte sie sein, die Geborgenheit.
Es kam anders und du weißt über das Warum nicht
wirklich Bescheid.
Ich bin ein Mensch, nicht besonders groß oder stark,
es gab da so manches, das traf uns beide ganz tief ins
Mark.
Ich hätte so gerne alles Böse von dir ferngehalten
oder aktiv geholfen, dich als Mensch – mit-zu-Gestalten,
dir geholfen z. B. in der schwierigen Pubertät
im Bewusstsein, dass auch das irgendwann mal vergeht.
Gern hätte ich dir geholfen beim Start ins
Erwachsenenleben,
das haben wir beide verloren, – das durfte es nicht
geben. Vielleicht gibt es noch eine' Chance, und sei sie
verschwindend und klein,
dass es uns beiden gelingt, Vater und Tochter zu sein.
Wir könnten noch so viel gemeinsam erleben,
um uns gute Erinnerungen gegenseitig zu geben.
Vielleicht träume ich nur und der Traum wird nie wahr,

aber vergiss bitte nie, du bist meine Tochter und ich bin,
auch wenn du es nicht glaubst, immer für dich da.
Zu deinem heutigen Geburtstag alles Gute
Dein Vater Joachim

Katharina schaut mich in einer Art und Weise an, die ich nicht einordnen kann. Ist es eine Mischung aus Spott, Mitleid oder ist es Wut und Verachtung oder verbirgt sich hinter der undurchdringlichen Maske Verständnis für mich?

»Was ich euch schon lange fragen wollte, aber nie Gelegenheit dazu hatte: Habt ihr meine Briefe und Postkarten erhalten, die ich euch geschickt habe? Solange ihr mit eurer Mutter zusammengelebt habt, solange habe ich euch an diese Adresse zum Geburtstag geschrieben. Als du Katharina in Berlin studiert hast, kannte ich deine Anschrift nicht. Weder von deiner Mutter noch von Yannick oder Sebastian konnte ich deine Anschrift erfahren. Selbst deine Tante Inga wusste nichts, ich konnte dir nur über deine Mutter oder Yannick schreiben, – du hast nie geantwortet.«

»Ja, da kam mal was an, aber regelmäßig nee, daran kann ich mich nicht so richtig erinnern«, kommt es eher zögerlich von Katharina. »Und du Yannick« reicht sie die Frage an ihren Bruder weiter. Ohne auf seine Antwort zu warten, schiebt sie hinterher: »…um ehrlich zu sein, es hat mich irgendwann auch nicht mehr interessiert, weil du dich ja sonst auch nicht um uns gekümmert hast.«

Yannick s Augen glänzen verdächtig und der Kloß in meinem Hals ist nur unter größten Mühen zu überwinden und ich widme mich deshalb schwer atmend, erst einmal meinem längst kalt gewordenen Kaffee, der immer noch unberührt auf dem Tisch steht.

Der Kaffee ist kalt und bitter, – ich fühle mich genauso. Kalt, weil ich bei Katharina immer noch nicht einmal einen Hauch von Verständnis entdecken kann. Bitter, weil ich sehe, wie Yannick unter der Situation leidet.

Am Tisch herrschte Stille. Einerseits ist die Stimmung nach wie vor besonders von Katharina ausgesprochen aggressiv. Andererseits wirkt Yannicks Verhalten trotz seiner erkennbaren Probleme durch den Zwiespalt zwischen Ablehnung meiner Person bei gleichzeitiger Sehnsucht nach einer geordneten und liebevollen Beziehung irgendwie beruhigend auf dieses Beisammensein.

Es ist weiterhin still am Tisch, und ich versuche die Probleme, die die beiden durch mein Wegbleiben erleben mussten, die auch bei ihrem Bruder Sebastian, der seit seiner Pubertät ebenfalls ohne Vater aufwachsen musste, reichlich vorhanden waren, zu beschreiben.

»Wisst ihr eigentlich, wie es in der Zeit eurem Bruder Sebastian ergangen ist?«

Die beiden schauen etwas irritiert, und Yannick meint trocken, »wir haben doch Konta...........« verstummt, und wechselt mit Katharina einen raschen Blick.

Ehe sie reagieren können, bemerke ich: »Weiß ich doch, und ist ja auch gut so, dass ihr Geschwister miteinander redet, auch wenn ihr mir gegenüber dichthalten wollt. Zumindest verhaltet ihr euch so, wie es Kinder ihren Eltern gegenüber meist tun, – es gibt Dinge, die gehen die „Alten" einfach nichts an.«

Selbst Katharina kann sich ein leichtes Grinsen nicht verkneifen, ehe sie zu ihrem entschlossen kühlen Gesichtsausdruck zurückkehrt und mich geradezu auffordernd anschaut, als wolle sie von mir hören, was es denn Neues gäbe, das sie nicht schon wüssten.

Es fällt nicht so leicht, an der Stelle weiter zu machen, weil das, was ich sagen möchte, die beiden auch falsch verstehen könnten.

Egal, ich fahre zögernd fort.

»Sebastian hat auf eine andere Art als ihr unter der Trennung gelitten. Nachdem er aus seiner Kur kam, fand er völlig zerstrittene Eltern vor und ich, sein Vater hatte Teile der Wohnung ausgeräumt und meinen Umzug vorbereitet. In einer unserer Doppelgaragen wurde das, was ich in meine neue Wohnung mitnehmen wollte, zwischengelagert und nicht nur für mich, sondern auch für ihn waren mit diesen Sachen viele Erinnerungen verbunden.«

»Ach, dir tat es um die Sachen leid, die du nicht mehr haben konntest, – die Menschen waren dir egal«, fiel mir Katharina ins Wort, »das sieht dir ähnlich!«

»Katharina, es gibt Situationen, in denen man glaubt, dass bestimmte Dinge und auch bestimmte Sachen wichtig sind. Ich bin kein Heiliger und habe damals in einer Art gehandelt, die mir heute falsch und unsinnig erscheint. Ja, ich war egoistisch und habe versucht, das Beste für mich zu behalten – alles andere wäre gelogen.
Vielleicht neigen wir alle dazu, materiellen Dingen, speziell in solchen Situationen, mehr Bedeutung zuzumessen, als ihnen zusteht. Wenn du Streitigkeiten betrachtest, geht es meistens um irgendwelche Sachen, die jemand haben und der andere nicht geben will oder darum, wer recht hat.

Viel schwerwiegender war, und das war mir nicht in dieser Härte bewusst, dass die bevorstehende Trennung auch in der Nachbarschaft, in der zum Teil auch Sebastians Freunde lebten, nicht verborgen blieb und Sebastian Fragen beantworten sollte, die er nicht beantworten konnte.
„Was ist bei euch los?"
„Warum zieht dein Vater aus?"
„Hat er eine Neue?"
„Hat deine Mutter einen Neuen?"
„Bleibst du hier wohnen "usw. usw."
Ihr wart bei meiner Trennung von eurer Mutter noch relativ klein, euch stellte niemand solche Fragen.«

»Denkst du, das wäre dann nicht so schlimm?« schnauzt mich Katharina an und ihr Blick durchbohrt mich regelrecht.

»Nein, es ist genauso schlimm – nur auf eine andere Art. Trennung bleibt Trennung und hinterlässt gerade bei pubertierenden Jugendlichen Wunden, die lange schmerzen – das ist mir längst klar geworden.«

Sekundenlange Stille, ehe ich weiterspreche.

»Sebastian war mitten in der Pubertät, in einem prägenden Lebensabschnitt und Doris und ich, wir haben uns das nicht wirklich bewusst gemacht. Zwischen Doris und mir gab es heftigen Streit, weil bei dieser Trennung, bei der ja einiges auf dem Spiel stand – Familie, Haus, Geschäft usw. vieles verändert wurde und Doris natürlich darauf achten musste, nicht nur Mann und Haus zu verlieren, sondern unter Umständen auch ihre Arbeit, weil sie ja in meinem Geschäft den ganzen Innendienst leitete.
Wir haben versucht, trotz großer Differenzen und jeder Menge Wut aufeinander, Sebastian nicht mit unserem Streit zu belasten.«

»Jetzt sind wir aber gespannt, was du dazu erzählst,« schaltet sich Yannick ein. »Sebastian hat uns erzählt, was abging und du hast dabei keine gute Figur gemacht.« Katharina nickt heftig, ergänzt aber nichts, sondern schaut mich herausfordernd an.

»Ja, dieses Heraushalten von Sebastian war ein „frommer Wunsch", der nur insofern funktionierte, als Doris und ich uns nicht in Anwesenheit von Sebastian stritten, und die Streitigkeiten, wenn sie denn stattfanden, auf schriftlichem Weg zwischen unseren Anwälten ausgefochten wurden.«

»Ja denkst du denn, Sebastian hätte den Zirkus nicht mitbekommen,«, fällt mir Katharina ins Wort.

»Natürlich hat er das mitbekommen, – er ist ja nicht doof und außerdem, auch wenn man es zunächst nicht glaubt, Sebastian ist äußerst sensibel, er fühlt Stimmungen, Ärger oder Abneigungen. Er ist ein sehr empathischer Mensch und verfügt außerdem über einen klaren und sehr analytischen Geist.
Wenn ich zurückdenke, glaube ich zu erkennen, dass er unendlich gelitten haben muss und er eine Stinkwut auf mich hatte. Diese Wut erlebte ich in Gesprächen mit ihm.«

»Und wie hat sich das gezeigt – und wie bist du damit umgegangen, hast du ihm recht gegeben,«, will Yannick wissen.

»Er war normalerweise jemand, der schon im Kindergarten für seine überlegene Ruhe bekannt war – Sebastian galt immer als „Fels in der Brandung", der bei allem Ärger oder Streit meist die Ruhe behielt und meist hat er auf mich sehr ruhig und mit Bedacht reagiert.
Als er mit seiner Mutter aus dem komfortablen Haus ausgezogen und sich mit seiner Mutter eine Etagenwohnung teilen musste, beschränkte sich sein Wirkungskreis auf ein Zimmer, das mit seinen alten Kinderzimmermöbeln ausgestattet wurde.
Mit vierzehn, fünfzehn Jahren war er zu einem stattlichen Burschen herangewachsen und fühlte sich sichtlich

unwohl in der begrenzten neuen Umgebung. Seine Mutter tat alles, das er sich wohlfühlte und soweit ich das beurteilen kann, ist es ihr gelungen.«

»Und bei uns denkst du, dass das bei uns nicht der Fall ist,« fragt Katharina schnippisch und zu Yannick: »Oder was meinst du dazu?«
Yannick schweigt, und sie wirft ihren Kopf in Nicole-Manier zurück, dass der Zopf wieder einmal um ihren Kopf segelt.

»Katharina, Eure Mutter hat euch zu zwei prächtigen Menschen erzogen, und ihr werdet es mir nicht glauben: Davor habe ich größten Respekt. Was dabei zu mir gesagt oder getan wurde, steht auf einem anderen Blatt. Ich habe innerlich mit Eurer Mutter längst abgeschlossen, Ihr seid mir so wichtig, wie mir Sebastian wichtig ist.«

Mit dieser Antwort haben beide wohl nicht gerechnet, sie schweigend, anscheinend überrascht.

»Sebastians Mutter hat zu keiner Zeit etwas unternommen, um Sebastian von mir fernzuhalten oder den Kontakt zu unterbinden. Wir verabredeten die Zeiten, wann wir uns treffen konnten und hielten uns an die Vereinbarungen. Das Anfangs stressige Verhältnis zwischen Doris und mir entspannte sich langsam, fast konnte man sagen, es normalisierte sich. Doris fand einen neuen Partner, Hubert, der genau so offen mit mir umging wie ich mit ihm. Sebastian hatte mit Sandra keine Probleme, die beiden lernten sich kennen und verstehen sich bis heute gut.

Als Sebastian Abitur machte, waren Sandra und ich auf seiner Abi-Feier und als er später, nach seiner ersten Berufsausbildung für seine Leistungen von der IHK im Rahmen einer besonderen Feier belobigt wurde, saßen Doris und Hubert, Sebastian mit seiner damaligen Freundin sowie Sandra und ich einträchtig in der ersten Reihe und feierten gemeinsam seinen Erfolg. Wenn ich Probleme machte, zu wenig Sport, zu viel Essen oder die zwischenzeitlich notwendigen Arztbesuche nicht erledigte, waren sich Sebastian und Sandra immer in ihrer Ansprache an mich einig.«

»Komisch, dass Sebastian uns davon so nie erzählt hat,« wirft Yannick ein. »Das habe ich zumindest so noch nie von ihm gehört.«

»Ja, Yannick, das ist eben Sebastian. Er will niemanden unnötig verletzen, wenn er zum Beispiel von harmonischen Treffen mit Sandra und mir berichtet hat, die euch ja verweigert wurden.«

»Uns wurde gar nichts verweigert,«, schaltet sich Katharina ein. »Du wolltest ja nichts von uns wissen, hast dich um nichts gekümmert.«

»Katharina, wenn du das so empfunden hast, könnte das vielleicht daran liegen, dass du andere Informationen hattest. Es sollte vielleicht jetzt auch dir langsam klar geworden sein, dass es ein klein wenig anders war. Aber lass uns darüber jetzt nicht streiten. Darf ich noch beschreiben, wie das Verhältnis zwischen Sebastian und mir beschaffen war und ist?«

»Wenn du meinst,«, kommt es beleidigt zurück.
»Vielleicht erzählst du über Sebastian weniger Märchen,
wir haben von ihm ja schon einiges gehört und erkennen
Lügen sofort.«

»Da bin ich ohne Sorgen, ihr beiden.«

»Sebastian hat mir im Grunde, und da seid ihr euch
ähnlich und vielleicht auch einig, nie verziehen, dass ich
ihn „alleine gelassen" habe.
Er hat ein gewisses Verständnis dafür, dass es zwischen
seinen Eltern Differenzen gab, die in einer Trennung
endeten.
Kein Verständnis kann er bis heute dafür aufbringen, auf
welche Art und Weise ich ihm das beigebracht habe.
In einem Gespräch, da wohnte er schon lange nicht mehr
in der Wohnung bei seiner Mutter hat er mich angebrüllt,
wie weh es ihm getan hat, als ich ihm während seiner Kur,
die ihm so viel bedeutete, die Trennung eröffnete und ihn
vor vollendete Tatsachen stellte.
„Du hast mir den Boden unter den Füssen weggerissen
und warst vermutlich noch stolz darauf, dass du den Mut
hattest, > so offen mit deinem Sohn zu sprechen <. „Ich
kam mir vor, als würde es mich zerreißen und der Rest
der Kur war nichts als Quälerei", war die zivilisierteste
Vorhaltung, die er mir machte.«

»Und was hast du ihm darauf gesagt, oder was
hast du gemacht?« tönt die Frage von Katharina, begleitet
von einem gequälten Gesichtsausdruck Yannicks.

161

»Katharina, ich habe mich geschämt. Ich konnte Sebastian darauf keine Antwort geben, außer dass ich ihm erklärte, dass es mir leid tut, unendlich leid tut. Weißt du, wisst Ihr, ich vermute, dass wir alle manches Mal Dinge tun, die wir eigentlich so, wie sie dann geschehen, überhaupt nicht wollen oder denken, dass das, was wir tun, genau das bewirkt, was wir wollen und dabei die Wirklichkeit nicht wahrnehmen. Eine einseitige und egoistische Wahrnehmung, die manches zerstört.«

Einen Augenblick ist es still und es scheint, als würden Katharina und Yannick über das, was ich gerade von mir gegeben habe, nachdenken.

Yannick unterbricht die Stille: »War das das Ende eurer Beziehung? Konntet ihr euch noch in die Augen sehen und weiter miteinander umgehen, oder ist da etwas zerbrochen?«

»Yannick der Bruch entstand, als seine Mutter und ich Sebastian mit den Fakten konfrontierten. Das hat Sebastian damals fast aus der Bahn geworfen und er hat auf seine Art tierisch unter der Trennung gelitten, – auch wenn er sich lange Zeit nichts hat anmerken lassen.
Es arbeitete in ihm und wenn ihn etwas aufgefangen hat, dann war es die Liebe seiner Mutter, die ihm das Heim und die Wärme geboten hat, die er gerade dann brauchte.
Heute erlebe und spüre ich, dass zwischen Sebastian und seiner Mutter eine sehr enge Bindung besteht, die ich gelegentlich bewundere, auf die ich aber genau so

eifersüchtig- und ich gestehe manchmal auch neidisch bin und fürchte, dass Sebastian mich ähnlich wie ihr verachtet.«

Mit spürbarer Aggressivität fährt Katharina dazwischen: »Glaubst du etwa, dass unsere Mutter uns nicht Heim und Wärme geboten hat?«

»Doch Katharina, ich bin davon überzeugt, dass sich Nicole alle Mühe gegeben hat, um euch das zu geben, das sonst nur Vater UND Mutter geben können.«

»Das hört sich aber ganz anders an, als das, wie du dich verhalten hast,« schleudert sie mir entgegen. »Du machst jetzt hier auf „verständnisvollen Vater", hast aber nie etwas unternommen, um deinen Worten auch Taten folgen zu lassen.«

»Wie gerne hätte ich genau das mit euch unternommen, was mit Sebastian trotz aller Probleme möglich war. Soll ich das, was bereits gesagt wurde, wieder und wieder wiederholen? Im Gegensatz zu eurer Mutter ist es Doris gelungen, ihre Wut auf mich nicht über Sebastian auszutragen.«

Das Gesagte quittiert Katharina mit einem entrüsteten Prusten, schweigt aber.

»Soweit ich das mitbekommen habe, hat Doris Sebastian natürlich geschildert, was aus ihrer Sicht zu unserer Trennung geführt hat. Danach erfolgte aber kein ständiges Nachhaken oder weiteres Diskutieren über das Warum und das Wieso oder über meine fehlenden

Unterhaltszahlungen. Ich konnte auch Doris und Sebastian nichts zahlen, obwohl im Scheidungsverfahren klar und eindeutig festgelegt wurde, was an Unterhalt für Sebastian zu zahlen war.«

»Ach', da hast du auch nicht gezahlt und hast deine Ex und deinen Sohn genau so betrogen, wie du uns betrogen hast«, kommentiert Katharina mich.

»Katharina, ich will jetzt kein Erbsenzähler sein oder so reagieren, aber es war wie bei euch, kein Betrug, sondern schlicht und ergreifend Zahlungsunfähigkeit, die jede denkbare Unterstützung verhindert hat. Betrogen hätte ich euch Kinder, wenn ich euch etwas vorenthalten hätte. Da gab es aber nichts, das ich hätte vorenthalten können.«

Katharina quittiert das, indem sie wieder einmal ihren Kopf mit einem heftigen Ruck abwendet und ihren Haarzopf um den Kopf kreisen lässt.

»Doris hat in meinem in unserem alten Betrieb unter einem neuen Besitzer weitergearbeitet – und der Lohn war weiß Gott erbärmlich und sie und Sebastian waren genau wie ihr, wie wir alle nicht „auf Rosen" gebettet. Sie hat sich einen Zweitjob gesucht, um über die Runden zu kommen. Beide Jobs hat sie bis vor ein paar Jahren beibehalten, bis sich auch ihre Lage verbessert und damit entspannt hat.
Sie hätte mich auch verklagen können, so wie das eure Mutter in eurem Namen mehrfach gemacht hat. Aber sie wusste vielleicht, weil sie lange genug mit mir zusammen lebte und mich einschätzen konnte, dass ich wirklich

pleite war, und außerdem hätte sie Sebastian darunter nie bewusst leiden lassen.«

»Und das sollen wir dir glauben«, entgegnen Katharina und Yannick wie aus einem Mund.

»Ja«, antworte ich, »ihr könnt Doris gerne selbst fragen oder auch Euren Bruder. Er hat zwar nicht viel dazu gesagt, aber er wusste genau, ob etwas von mir gezahlt wurde oder nicht.
Als er sein erstes Studium anfing, beantragte er BAföG. Den Fragebogen mit meinem Einkommen habe ich Sebastian übergeben. Er hat den Inhalt gelesen, aber nicht kommentiert. Jeder weiß, dass Falschangaben sowohl BAföG-Leistungen ausschließen als auch für den, der falsche Angaben macht, juristische Folgen hat. Glaubt ihr allen Ernstes, dass ich so ein Risiko auf mich genommen hätte?«

Betroffen schweigend zucken beide mit den Schultern.

»Zwischen Sebastian und mir war die Trennung lange kein Thema. Wir, besser gesagt, ich habe versucht, die Zeit, die wir zusammen waren, so zu verbringen, dass wir beide etwas davon hatten. Ich gebe zu, ich hatte auch Angst davor, zuzugeben, dass ich mich geirrt und einen Haufen Fehler gemacht habe.«

»Das hättest du dir vorher überlegen können«, rutscht es Katharina heraus, worauf Yannick mit einer abwehrenden Handbewegung reagiert und Katharina nichts weiter hinzufügt.

»Sebastian war Sandra gegenüber zuerst sehr zurückhaltend, vielleicht sogar misstrauisch. Nachdem er bemerkte, dass beide Mütter, also weder Doris noch Nicole Gegenstand von irgendwelchen Bemerkungen oder Einflussnahmen waren, wurde er mit Sandra „warm", die beiden fingen an, sich zu respektieren und zu verstehen.

Im Laufe der Zeit entstand zwischen den beiden fast so etwas wie eine freundschaftliche Verbindung.

Ich konnte das immer dann feststellen, wenn Sebastian bei uns war und es um solche Fragen ging, dass ich zu viel am Computer hocke, zu wenig Sport mache oder was es sonst so an alltäglichen Gelegenheiten, die zu Streit führen können, gibt. Es kam so weit, dass Sandra mir manchmal scherzhaft drohte: "Wenn du dieses oder jenes nicht erledigst, werde ich mit Sebastian darüber sprechen. Auf den hörst du zumindest besser als auf mich."

Das zeigt, dass trotz meiner Fehler und dem daraus entstehenden Problemen ein einvernehmliches Miteinander möglich ist. Leider kam es trotz vieler Anläufe bei euch mit eurer Mutter nie zu einer solchen Einigung, ja noch nicht einmal zu einer ähnlichen Annäherung. Vielleicht hätte das unsere Beziehung entstehen und wachsen lassen. Vielleicht hättet ihr dann heute ein anderes Bild von mir als das, welches ihr jetzt womöglich habt.

Ein wütendes Schnauben kündigt Katharinas Widerspruch an:

»Ich habe keine Lust, mir deine ständigen Angriffe

gegen meine Mutter anzuhören. Du bist dir anscheinend bis heute nicht im Klaren darüber, wie wir leben mussten, nur weil du dich „vom Acker gemacht hast". Meinst du, es wäre schön gewesen, ohne irgendeine wirtschaftliche Sicherheit zwei Kinder großzuziehen? Zum Glück konnten wir im Haus der Urgroßeltern wohnen. Opa und Oma haben uns unterstützt, so gut es ging. Mit ihrer Idee, diese kleine Firma für Kindergeburtstage und sonstige Feiern zu gründen, konnte unsere Mutter immerhin noch etwas hinzuverdienen, sodass wir einigermaßen über die Runden kamen. Du hast doch überhaupt keine Vorstellung, was es heißt, nicht zu wissen, wie es am nächsten Tag der kommenden Woche oder über das Jahr weitergehen soll.«

»Doch Katharina, das weiß ich sehr wohl. Wenn du dich erinnerst, ich habe es dir hier und heute, ehe Yannick kam, beschrieben. Mir ging es genauso. Vergiss bitte nicht die Gründe, die mehr Unterstützung für euch unmöglich gemacht haben, ich denke, ich muss sie jetzt nicht noch einmal wiederholen. Und« füge ich nach kurzem Zögern ein »… .hast du deine Mutter jemals gefragt, warum sie meine Bitten um Kontakt, die eure persönliche Situation vielleicht verbessert hätten, immer wieder abgelehnt hat?«

»Das fragst du wirklich? Du hast sie so schlimm verletzt, schlimmer kann man einen Menschen nicht verletzen und beleidigen, als du es fertig gebracht hast. Und du fragst, warum sie gegen dich war? Ich glaub' es nicht!«

Sie schaut fordernd zu Yannick, hebt das Kinn und zischt: »Der spinnt doch der Kerl!«

Yannick schweigt.
Ich weiß nicht, ob aus Zustimmung, Unschlüssigkeit oder um eine Ausweitung des Streites zu vermeiden.
Nach einem Moment des Zögerns antworte ich mit betont ruhiger Stimme: »Ich weiß Katharina, es war grenzenlose Wut und Ohnmacht, ich will es nicht anders nennen. Aber ich bin der Meinung, dass es falsch ist, den Streit über die finanziellen Dinge - eurer Mutter ging es immer nur darum - auf eurem Rücken auszutragen. Meine Vorstellung war, dass ich euch gerade in diesen „Notzeiten" persönlich beistehen wollte.«

»Mach' dich doch nicht lächerlich«, schießt es aus Katharina heraus. »Du wolltest uns beistehen? Wenn du das wirklich gewollt hättest, hättest du dich anders verhalten. Erzähl' uns keine Märchen!«

»Es macht keinen Sinn, so weiter zu diskutieren, wenn du mir die Redlichkeit meiner Absichten und Aussagen absprichst, Katharina. Denn ….was mich betrifft, habe ich die Folgen der Wut eurer Mutter in vielerlei Art gespürt und konnte und musste mich damit auseinandersetzen. Es war letztlich immer das Gleiche, weil es im Grunde immer nur darauf hinaus lief, was ich zahlen sollte oder konnte und was nicht.
Für euch, für dich und für Yannick war es aber ungleich schwerer.
Ihr musstet zum einen die wirtschaftlichen Probleme

erleiden, die eure Mutter aber dank Eltern und Großeltern und ihrer Arbeit manchmal mehr und manchmal weniger abfedern konnte. Das größere Problem, so kam es mir vor, und ich sehe mich bis heute bestätigt, besteht für euch darin, dass sich ihre Wut auf mich und auf euch beide übertragen hat.
Ich kann nur hoffen, dass aus eurer Wut kein Hass geworden ist, mit dem ihr mir heute begegnet. Es wäre gut, wenn ihr die Begründungen, die ich versucht habe aufzuzeigen, berücksichtigt und erkennt, dass ich eure Lage immer verstanden habe.«

»Jetzt komm' mir bloß nicht so«, faucht mich Katharina an! Spiel' nicht den verständnisvollen Vater – das bist du nicht. Du bist ein Egoist, der sich nur für sich selbst interessiert.«

Yannick schweigt immer noch, seine Augen sind starr auf einen imaginären Punkt – irgendwohin gerichtet.
Sein Kiefer bewegt sich mahlend, als wolle er das, was er sagen will, besser nicht sagen oder er unterdrückt seine Gedanken.

»OK, Katharina, wenn ich dich und deinen Bruder nicht überzeugen kann, – ich werde nicht versuchen, euch zu überreden. Vielleicht könnt ihr euch in meine Lage versetzen, wenn ihr euch vorstellt, selbst in einem Insolvenzverfahren zu stecken. Mein Insolvenzverfahren dauerte 6 Jahre. In dieser Zeit wurde alles, was über die sogenannten Pfändungsfreigrenzen hinaus ging, rigoros gepfändet und an die Gläubiger überwiesen. Dazu gehörten auch eure Ansprüche, die ich bei Eröffnung des Privatinsolvenzverfahrens angegeben hatte, die später um die Ansprüche aus den Zahlungen des Sozial- und Jugendamtes an euch ergänzt wurden. Dazu kamen die Forderungen der Banken. Wer Geld bekam, konnte nicht ich verfügen, das war die Aufgabe der gesetzlich bestimmten Insolvenzverwalterin.

Ich war in der sog. „Wohlverhaltensphase", was bedeutete, dass das Bankkonto nie ins Minus kommen durfte – Überziehung, Dispositionskredit - gab es nicht. Kreditaufnahme ausgeschlossen, selbst der Wechsel zu einem kostengünstigeren Provider für mein Telefon war unmöglich, weil, wenn man im Insolvenzverfahren steckt, „Neuverträge" ausgeschlossen sind.«

Yannick und Katharina hören aufmerksam mit kritischen Blicken zu. Yannick fragt: »Deine Behauptungen kann man sicher überprüfen, oder erwartest du, dass wir das „unbesehen" glauben?«

»Ja, ihr könnt euch gerne beim Insolvenzgericht erkundigen, wenn ihr mir nicht glauben wollt. Die Frist von sechs Jahren des Insolvenzverfahrens ist mit meiner Zahlungsunfähigkeit begründet. Normalerweise hätte ich etwa ein Drittel meiner Schulden zurückzahlen müssen, um überhaupt als schuldenfrei zu gelten.

Weil dazu nachweislich keine Mittel mehr vorhanden waren, galt für meine Insolvenz nach damaligem Recht die verlängerte Frist.

Als diese Jahre endlich vorbei waren, stellte ich, so wie es das Verfahren fordert, den notwendigen Antrag auf

Restschuldbefreiung. Das Insolvenzgericht teilte mir daraufhin mit, dass meinem Antrag nicht stattgegeben werden könne, weil gegen meine Restschuldbefreiung Einspruch erhoben worden sei.«

Katharinas Gesichtsfarbe ändert sich merklich und Yannick fragt ganz unschuldig: »Wie kann denn das sein?«, während Katharina mit hochrotem Kopf erklärt: »Mama glaubte, einen guten Grund für ihren Einspruch zu haben und sie wollte nicht, dass ER mit seinen Lügen wieder einmal durchkommt.«

»Eure Mutter hatte beim Insolvenzgericht beantragt, die Befreiung zu verwehren, weil ich unvollständige und falsche Angaben zu meiner Zahlungsunfähigkeit gemacht hätte.
Sie behauptete, dass ich neben den bekannten Immobilien weiteren Grundbesitz nicht angegeben hätte.«

»Diese Vermutung hatte ja konkrete Ursachen«, wendet Katharina schmallippig ein.

»Aber wieder einmal unbegründet. Ich vermute, dass Nicole ihr Wissen aus den fälschlich bei ihr noch angekommenen Briefen, die an mich gerichtet waren, nachdem ich bei ihr ausgezogen war, bezogen hat. Sie hat mir diese Briefe unterschlagen, um mir Lügen nachzuweisen.«

»Das wäre ein ziemlich gemeiner Trick gewesen«, grübelt Yannick laut. »Hätte, nee, würde ich ihr nicht zutrauen«, was Katharina zu einem wütenden Blick in Richtung ihres Bruders animiert.

»Darüber will ich nicht weiter spekulieren. Es kam aber ein weiterer Vorwurf hinzu. Ich hätte neben meiner „offiziellen Tätigkeit" eine weitere Nebenbeschäftigung und den dabei erzielten Verdienst bei der Veranstaltung „Kölner Lichter" aus dem Jahr 2011 verschwiegen. Ich sei bei dieser Veranstaltung mehrfach als Mitarbeiter mit Namensschild zu sehen gewesen.«

Das Insolvenzgericht erwartete Klärung und legte eine Frist für meine Erklärung fest.

»Was den Grundbesitz betraf, wurden die Vorwürfe dadurch entkräftet, dass das Gericht Zugriff auf alle Grundbucheintragungen hat und von mir alles vollständig angegeben war.

Zum Glück hat mir das Büro „Kölner Lichter" bestätigt, dass ich dort nie als Mitarbeiter tätig war.

Sehr geehrter Herr
mit Mail vom 07. Mai baten Sie uns um Überprüfung, ob in unseren Unterlagen in irgendeiner Art während einer Veranstaltung „Kölner Lichter" ein Arbeitsverhältnis mit Ihnen geführt wurde.
Nach unserer heutigen Überprüfung ist, – wie ich Ihnen bereits am Telefon mitteilte, – dies nicht der Fall. Weder Sie noch Ihr Name sind uns bekannt oder werden in den Personalunterlagen der „Kölner Lichter" geführt.
Mit freundlichen Grüßen
Kölner Lichter
Unterschrift

»Daraufhin sollte die Restschuldbefreiung bei einem

weiteren Termin geprüft und erklärt werden. Bei diesem
Termin Katharina, warst du als „Klägerin" mit dabei.
Deine Mutter war Wortführerin. Dort habe ich dich zum
letzten Mal vor heute gesehen, du erinnerst dich?«

»Erinnere mich nicht daran«, – erwidert Katharina,
– »es war einfach schrecklich.«

»Es wurde ein weiterer Vorwurf erhoben, nämlich, dass
ich eure Ansprüche verspätet oder unvollständig dem
Insolvenzgericht gemeldet hätte und daher keine
Leistungen an euch gegangen wären. Diesen Vorwurf hat
die Insolvenzanwältin durch Hinweis auf sämtliche von
eurer Mutter schon lange bewirkten Schuldtitel gegen
mich widerlegt.
Die Restschuldbefreiung wurde erteilt. Meine
wirtschaftliche Lage hat sich dadurch zwar nicht
verändert, aber es gibt keine Behinderungen mehr.«

»Bei diesem letzten Termin im Insolvenzgericht habe ich
mich gefragt: Warum tut Nicole das?
Die Verweigerung der Restschuldbefreiung bringt ihr doch
nichts.
Sie hat in deinem Namen Katharina prozessiert. Du bist
später in diesem Jahr volljährig geworden, weshalb für
dich keine Ansprüche mehr geltend gemacht werden
konnten. Für Yannick war es noch wichtig, weil das Amt
an meiner Stelle für ihn noch gezahlt hat, aber in seinem
Namen hat sie nicht geklagt.«

An der Stelle reagiert Yannick sichtlich und schaut seine Schwester stirnrunzelnd an, die seine sich offenbar aufdrängende Frage ignoriert.

»Die Ämter fordern vom Schuldner von mir die Rückzahlung der Zahlungen an euch.
Das funktioniert bei jemand, der nicht im Insolvenzverfahren steckt, besser als wenn das nicht der Fall ist. Warum dieser Blockadeversuch? Der machte doch keinen Sinn, wenn ich zahlen sollte. Macht euch selbst ein Bild!«

Katharina und Yannick schauen ernst und schweigend. Sie antworten nicht und ich erwarte auch keine Antwort. Die Frage ist eindeutig und ließe aus meiner Sicht auch nur eine denkbare Antwort zu, – aber die können und wollen sie mir nicht geben, sollen sie auch nicht.

»Vielleicht werdet ihr euch fragen, warum ich zu euch, nachdem ihr nicht mehr bei eurer Mutter wohntet, keinen direkten Kontakt aufgenommen habe?«

Ihre Reaktion bleibt die gleiche: Sie schauen ernst, schweigend, offenbar abwartend zu dem, was jetzt kommt.

»Es gab niemand, den ich hätte fragen können, wie ich euch erreiche! Eure Tante Inga wohnt zwar immer noch direkt neben euren Urgroßeltern, aber dort seid ihr nur noch sehr selten und Inga wird sicher nicht jedes Mal, wenn ihr dort gewesen seid, ihre Eltern nach euch ausfragen. Das wäre zum einen sehr auffällig und zum anderen sind die mittlerweile so alt, dass andere Dinge wichtiger zu sein scheinen als Berichte über die Besuche der Urenkelkinder. Ich hätte Eure Oma Helga ansprechen können. Nach den mit ihr gemachten Erfahrungen und dem nicht eingehaltenen Versprechen, mir Bescheid zu geben, ob ich euch sehen oder treffen könnte, hielt ich es für wenig erfolgversprechend, erneut anzufragen, um Neues von euch zu erfahren. Blieben die beiden Schwestern eurer Mutter Sabine und Mareike, die ich hätte fragen können.

Sabine, die verheiratet ist, hat nach meiner Beobachtung keinen „besonderen Draht „zu ihrer Schwester Nicole. Zu Mareike, die im Übrigen wie ein „Zwilling" eurer Mutter gleicht, habe ich nie einen Zugang gefunden, was vielleicht daran liegt, dass sie um einiges jünger als eure Mutter ist und ich sie eher wie ein Kind in Erinnerung habe und sie deshalb nie angesprochen habe.

»Es blieb nur Sebastian übrig, mit dem ihr zumindest zeitweise in Verbindung standet und mit dem ich offen hätte reden können.«

Yannick fixiert mich und will wissen: »Was hat er dir erzählt?«

»Du wirst es nicht glauben Yannick, er hat mir nichts erzählt!«

»Das kann ich mir nicht vorstellen, wo du doch angeblich so ein gutes Verhältnis zum ihm hast«, sprudelt es aus Yannick heraus und er schaut mich mit großen Augen ungläubig an.

»Es ist tatsächlich unglaublich, aber um euch das zu erklären, müsste ich etwas ausholen – darf ich?«

»Mach's nicht so spannend«, fährt Katharina dazwischen und Yannick nickt zustimmend – »da bin ich jetzt aber gespannt!«

»Sebastian lebt ja, seit er den Job in Polen angenommen hat, nicht mehr hier in unserer Gegend. Er wohnt natürlich in Polen, kommt aber mehr oder weniger regelmäßig nach Deutschland. Seine Besuche sind entweder geschäftlicher Natur, dann ist er in Köln bei der deutschen Zentrale seiner Firma, und wenn es sich ergibt, nutzt er diese Zeit auch für private Besuche oder Treffen. Er wohnt dann bei seiner Mutter. Sein altes Kinder- beziehungsweise Jugendzimmer steht ihm dort unverändert jederzeit zur Verfügung.
Wenn es seine Zeit zulässt und er nicht Besuche bei alten Freunden, Schulkameraden oder Aktivitäten mit seiner Mutter und ihrem Lebensgefährten Hubert plant, treffen wir uns. Entweder wir sehen uns irgendwo in der Stadt, um miteinander zu quatschen. Wir laufen dabei einfach durch die Gegend, oder wir essen und trinken etwas gemeinsam und reden währenddessen.
Manchmal treffen wir uns aber auch bei mir zu Hause. Weil unsere Treffen meist nur an Wochenenden stattfinden, kommt es gelegentlich vor, dass Sandra erst abends, wenn sie aus dem Geschäft nach Hause kommt, mit dabei sein kann. Bei solchen Gelegenheiten koche ich

meistens, und wir hocken stundenlang zusammen und erzählen uns gegenseitig, wie sich unser Leben in der Zwischenzeit abgespielt hat. Natürlich wird auch über unsere Vergangenheit gesprochen, oder wir diskutieren darüber, was wir von der Zukunft erwarten. Dabei geht es im Wesentlichen um Sebastians Pläne, weil ich als Rentner allenfalls darüber berichten kann, wie ich meine Zeit sinnvoll gestalte.

Sebastian erkundigt sich immer genau über das, was Sandra beruflich macht und …..

»Komm auf den Punkt« unterbricht mich Yannick »was erzählt er über mich oder über uns?«

»Tja zögere ich mit meiner Antwort. Am Anfang konnte ich Sebastian mehr oder weniger mit meinen Fragen nach euch überraschen, weil er spontan und ich habe auch den Eindruck, gegen seinen Willen antwortete.

So habe ich erfahren, dass du Yannick durch Sebastian bei dessen Firma, die ständig neue Leute sucht, einen Job gefunden hast. Was du dort genau gemacht hast oder ob es nur ein Aushilfsjob war, konnte ich leider nicht erfahren.

Sebastian hat, als er merkte, dass er mir etwas erzählt hat, was er eigentlich nicht erzählen wollte, nichts mehr erklärt, sondern das Thema gewechselt und über andere Dinge gesprochen.

Als ich später versuchte, das Thema noch mal aufzugreifen, um zu erfahren, was du dort arbeitest, hat Sebastian ziemlich harsch geantwortet, dass er das nicht wissen könne:„Schließlich bin ich jetzt in Polen und ich kann ja auch nicht wissen, was hier in Köln so abgeht".

Du hattest zu dieser Zeit bereits hier an der Uni ein Informatik-Studium begonnen, weshalb ich deine Arbeit eher als Aushilfstätigkeit zur Verbesserung deiner Finanzen und vermutlich auch als finanzielle Unterstützung deiner Mutter, bei der du ja damals noch wohntest, verstanden habe.

Bei einem dieser Gespräche klang quasi zwischen den Zeilen an, dass du den Führerschein machen möchtest. Ich konnte nur vermuten, ob Sebastian dich dabei und bei deinem späteren Autokauf unterstützt hat.

Yannick hört mit einem leicht angedeuteten Grinsen im Gesicht schweigend meinen Ausführungen zu.

Auf meine Frage: »Liege ich richtig oder daneben?«, reagiert er nicht erkennbar und schweigt.

»Sonst hat er nichts erzählt«, fragt Katharina und schaut mich lauernd auf eine Antwort hoffend an.

»Nein Katharina, dass du in Berlin studierst, habe ich schon vorher von deiner Tante Inga eher beiläufig erfahren. Sebastian hat sich zu dir, wenn ich es mir überlege, auffällig selten, eigentlich fast überhaupt nicht geäußert.

Deine Tante Inga hat angedeutet, dass sich dein Verhältnis zu Nicole, ich meine zu deiner Mutter wohl stark verändert habe. Sie konnte mir keine Einzelheiten oder Gründe dafür nennen. Ich vermute, dass deine Urgroßeltern, die du immer besucht hast, wenn du hier warst, irgendetwas erzählt haben und Inga nur bruchstückhafte Informationen über dein Verhältnis zu deiner Mutter hat.

Es sei nur aufgefallen, dass du, wenn du hier gewesen bist, nur ganz kurz bei deiner Mutter warst und sofort weiter zu deinen Großeltern nach Bonn gefahren wärst. Sebastian hat sich sehr eindeutig und klar verhalten: Er schwieg immer, wenn es um euch ging und hat nur zögerlich auf meine Fragen nach euch geantwortet. Deshalb kann ich auch nicht konkret sagen, woher ich die Information habe, dass du Katharina in Berlin, zumindest zeitweise mit einem Mann, es soll ein bekannter Sportler gewesen sein, zusammengelebt haben sollst. Katharinas Gesichtsfarbe wechselt zu einem anschwellenden Rot, verbunden mit einem fest verschlossenen Mund. Aber das soll auch nur relativ kurz gewesen sein, die Verbindung scheint heute nicht mehr zu bestehen, – sagt man - schiebe ich schnell hinterher, weil ich merke, dass das Katharina mehr als peinlich ist.«

Katharina schweigt weiter und Yannick drückt seine Ahnungslosigkeit mit einem anhaltend ausdruckslosen Blick auf mich aus.

»Eine Zeit lang habe ich Sebastian jedes Mal, wenn wir uns trafen, mit meinen Fragen nach euch, nach eurem Befinden oder nach „Neuigkeiten" zu euch regelrecht gelöchert. Sebastian blieb immer äußerst zurückhaltend, bis ich ihn konkret und drängend auf euch ansprach und er ziemlich heftig reagierte und entsprechend antwortete:

*„Ja was glaubst du denn, was ich dir berichten kann?
Denkst du, ich könnte dir Schönes von meinen*

Geschwistern berichten, was sie erleben, was sie an der Uni oder bei dem was sie sonst machen erzählen? Du bist dir anscheinend überhaupt nicht im Klaren darüber, wie mies es den Beiden geht?"

»Ich war sprachlos und erlebte Sebastian so, wie ich ihn noch nie erlebt habe. Er war außer sich vor Wut – und ich war, so empfand ich es, der Grund dafür.«

„Hast du dir über die wirtschaftlichen Folgen für die Drei eigentlich nie Gedanken gemacht?", fuhr er mich an. „Die leben am Existenzminimum und sind auf die Hilfe von Nicoles Großvater angewiesen, der sie nach Kräften unterstützt. Urlaub ist für die Drei ein Fremdwort, ja daran ist noch nicht einmal im Entferntesten zu denken, weil das tägliche Überleben die schwerste Aufgabe für Nicole, Katharina und Yannick ist.
Was glaubst du, wie es sich anfühlt, wenn man bei allem und bei jeder Entscheidung darüber nachdenken muss, ob man sich das noch leisten kann oder ob man verzichten muss?"

»Doch das kenne ich«, entgegne ich zaghaft, »mir geht das genauso.«

„Aber du bist nicht alleine, dir hilft doch Sandra. Du musst dir keine Gedanken über tägliche Einkäufe, Kleidung oder schulische Veranstaltungen, an denen du teilnehmen möchtest, machen."

»Das nicht, Sebastian, aber vielleicht überschätzt du meine Möglichkeiten, – mir geht es vermutlich ähnlich schlecht, wie es Katharina und Yannick geht.«

„Aber du hast keine Ahnung, wie die beiden sich fühlen."

»Da hast du recht, Sebastian, das weiß ich wirklich nicht. Aber das kann ich leider nicht ändern, solange Nicole mir jeden Zugang zu deinen Geschwistern verwehrt.«

„Vater", und so spricht mich Sebastian immer an, wenn er „formal" wird, und dieses „Vater" hört sich mehr wie „Vadder" an:
Ich habe das Gefühl, dass du dir die Sache zu leicht und zu einfach machst. Du hast nicht nur dein Leben, sondern auch das Leben von Nicole, Katharina und Yannick ruiniert!
Von mir und meiner Mutter will ich nicht erst reden.
Du hast uns genauso in eine Lage gebracht, die überflüssig und unnötig war, und es gab auch keinen Anlass, dass du dich so verhalten hast. Abgesehen davon, du hast dich auf Dinge eingelassen, die du hättest erkennen können. Dein Scheitern in der Immobiliengeschichte ist doch nur deshalb möglich geworden, weil du jede im Geschäftsleben übliche Vorsicht außer Acht gelassen hast.
Du hast die Mittel, die dir zur Verfügung standen, nicht zusammengehalten und bist heute mittellos und kannst die Verpflichtungen, die du verdammt noch mal einzuhalten hast, nicht erfüllen.

»Ich nutzte eine Atempause, um zu erwidern: „Du hast mit deiner Aussage zu den von mir verursachten Konsequenzen recht. Was die Hintergründe und Ursachen betrifft, kann ich mit dir nicht streiten, soweit es die

Beziehung zwischen deiner Mutter und mir betrifft.
Wegen der Immobilien gebe ich dir allerdings recht.
Für mich trifft bei den Immobilien die bekannte Aussage
„Gier frisst Gehirn" hundertprozentig zu. Und was das
Zusammenhalten der Gelder betrifft, habe ich einen
großen Teil des Geldes für Nicole und die Kinder
verwendet. Im Übrigen habe ich mit deiner Mutter
einvernehmliche Vereinbarungen über das, was an
Vermögen vorhanden war, einschließlich des Erlöses aus
dem notwendig gewordenen Hausverkauf, getroffen.
Nur der Rest ging bei dem Versuch zu retten, was zu
retten war, drauf."«

„Aber du musst zugeben, dass alles in allem deine
Handlungen mehr als bescheuert waren", hält mir
Sebastian vor.

Dem muss ich zustimmen.

„So, dann hör' dir noch an, was meine Geschwister
betrifft:
Ja, ich habe Kontakt zu Yannick und über ihn auch etwas
zu Katharina. Ich sehe, wie beschissen es den beiden geht.
Wie sehr sie unter den Lebensumständen, die du
verursacht hast, leiden und wie sehr sie die ganze
Situation belastet."

Ich verkneife es mir, Katharina und Yannick Sebastians
tatsächliche Begründung für seine Zurückhaltung zu
benennen:
„Wenn du mich fragst, so erklärt er mir die persönlichen
Befindlichkeiten seiner Geschwister, dann sind die

beiden psychisch so krank, dass sie eigentlich in eine
entsprechende Behandlung gehören. Einerseits den
täglichen Mangel erleben müssen und gleichzeitig von
ihrer Mutter ständig auf den Verursacher, nämlich dich,
hingewiesen zu werden".

„Und weil ich mit dir einen einigermaßen normalen
Kontakt habe, gelte ich bei Nicole auch als „dein
Verbündeter", dem gegenüber die beiden, so erlebe ich sie
besonders vorsichtig sein wollen."

Katharina und Yannick blicken mich mit entsetzt
aufgerissenen Augen an, als würde sich jetzt eine lang
gehegte Befürchtung bestätigen, mit der sie insgeheim
nicht mehr gerechnet haben.

»Ich kenne Sebastian als aufrichtigen, gradlinigen
Menschen, der jedem gegenüber seinen Standpunkt
eindeutig vertritt,« versuche ich deren Befürchtungen zu
zerstreuen und berichte weiter über mein Gespräch mit
ihrem Halb-Bruder:

»Sebastian erklärt mir:«

„Ich habe eine Weile gebraucht, bis Yannick mir vertraut
und sich etwas geöffnet hat. Mit Katharina ist das ähnlich,
obwohl mein Kontakt zu ihr meist über Yannick zustande
kommt und sie mir gegenüber nach wie vor eher etwas
zurückhaltender ist. Aber, und das sage ich dir
unmissverständlich, ich werde das Vertrauen, das mich
heute mit meinen Geschwistern verbindet, nicht dadurch
aufs Spiel setzen, indem ich dir brühwarm erzähle, was ich
von ihnen in Erfahrung bringen konnte."

Katharinas Gesicht scheint sich zu entspannen und auch Yannick wirkt gelöster, nachdem er das hört.

»Nach dieser Vorrede bat mich Sebastian, ihn künftig nicht mehr nach euch zu befragen, weil er mir dazu keine Antwort geben wird. Diesen Wunsch habe ich bis heute respektiert, – ihr könnt euren Bruder fragen, ihr seid in den Gesprächen, die ich und auch Sandra mit ihm führen, kein Thema (mehr).«

Die bisher angespannten Minen der Geschwister drücken jetzt so etwas wie Erleichterung aus.
Mir scheint, dass sie froh sind, dass sich ihr Bruder ihnen gegenüber solidarisch verhält.

Dass Sebastian mir jegliche Auskunft über seine Geschwister verweigert, habe ich zunächst für eine Art unfreundlichen Akt gehalten. Nach einigem Nachdenken sind mir meine Anteile an den Auswirkungen der Persönlichkeitsbildung meiner Kinder Katharina und Yannick klar geworden. Die beiden haben in ihrem bisherigen Leben überwiegend negative Erfahrungen erleben müssen. Die Zeit, die anderen vielleicht zur Erholung von diesen Erfahrungen zur Verfügung stand, hatten sie nie, weil keine Veränderung der Situation eintrat.
Sie mussten den Verlust eines Menschen ertragen, den sie nie wirklich kennengelernt haben und deshalb vielleicht innerlich idealisierten.

Dem widersprach die gleichzeitige Dämonisierung ihres verloren gegangenen Vaters durch die ständige

Wiederholung der von ihrer Mutter vorangetriebenen
Kämpfe gegen den „untreuen Partner und Vater".
Nicole hatte zu keiner Zeit eine halbwegs entspannte
Haltung zu mir, was sich entsprechend zuerst auf
Katharina, später auf Yannick übertrug. Dieses
dauerhaft erhöhte Stressniveau steigerte die Anfälligkeit
für psychische Auffälligkeiten, die sich möglicherweise
darin äußerten, dass sich gegen den „fehlenden Vater"
zunehmende Abneigungen und vielleicht sogar Hass
entwickelten. Was hatte Nicole in ihrem Brief an Sandra
in Bezug auf ihre Schwangerschaft mit Yannick
geschrieben?

» ....Bei uns kam erschwerend hinzu, dass ich
schwanger war. Eine Schwangerschaft, in der ich und
wohl auch Joachim gemerkt haben, dass wir beide wohl
das Kind nicht so recht wollten.«

Ich habe versucht herauszubekommen, was das für
Yannick und für Katharina in abgewandelter Art
bedeutet hat und in einem Buch über die psychischen
Widerstandskräfte von Menschen Folgendes gefunden:
„Stress und Traumata während der Schwangerschaft
reduzieren die Resilienz des Kindes. Evolutionsbiologisch
ergibt das total Sinn: Wenn eine Mutter in einer
gefährlichen Welt lebt – Stichwort Säbelzahntiger – hat
das Baby bessere Überlebenschancen, wenn es bereits
im Mutterleib aufmerksam und ständig in
Alarmbereitschaft ist. Deshalb übernimmt es diese
Eigenschaften.
Doch heute gibt es keine Säbelzahntiger mehr.
Stattdessen haben wir es mit Überstunden, meckernden

Chefs oder komplizierten Beziehungen zu tun. Lebensbedrohlich sind diese Stressoren im Gegensatz zum Tiger selten, doch der Körper macht da keinen Unterschied, Stress ist Stress, und wenn der zu viel wird, leidet die Psyche der Mutter – und die des Kindes gleich mit".

Diesen Stress habe ich mit verursacht und damit bin ich mitverantwortlich für die entstandenen psychischen Verletzungen meiner Kinder. Mir tut das unendlich leid und ich möchte heute alles dafür tun, um diese Verletzungen irgendwie zu heilen oder zur Heilung beizutragen.

Nachdem ich sehe, dass die beiden einigermaßen entspannt meinen Sätzen über das Verhalten ihres Bruders gefolgt sind, fahre ich fort:

»Wisst Ihr, ich habe eines festgestellt:

Das Leben ist zu kurz, um es mit Streit und Uneinigkeit zu verbringen. Mit positiven Beziehungen zueinander könnten wir eine Menge in unserem Leben erreichen und ausrichten.«

Katharina schaut erstaunt und Yannick runzelt verständnislos die Stirn.

»Ich weiß, ihr habt durch mich eine Menge Stress erleiden müssen und habt manche schmerzhafte Erfahrungen machen müssen.«

»Davon kannst du ausgehen«, entgegnet Katharina blitzschnell und Yannick hängt sich mit seiner Frage: »Und, wie willst du das ändern oder erklären?«

Meine Antwort kommt zögerlich und mit ruhiger Stimme versuche ich eine schlüssige Antwort auf die Frage zu geben: »Den Versuch, mein Verhalten zu erklären, habe ich, wie ihr sicher bemerkt habt, oft unternommen und es macht wenig Sinn, wenn ich mich wiederhole. Außerdem ist Geschehenes nicht mehr zu revidieren, – passiert ist passiert.

Nein, das ist keine Entschuldigung, sondern kann nur meine Ohnmacht beschreiben, mit der ich genau wie ihr vor den Scherben der Vergangenheit stehe und mich frage, was ich alles hätte anders machen können, machen müssen, um euch eine schönere Kindheit zu geben, als Ihr sie erlebt habt.«

Katharina, aber auch Yannick atmen tief ein, anscheinend um mir erneut ihre Vorhaltungen zu machen, weshalb ich schnell weiterspreche:

»Können wir ab sofort über die Zukunft eventuell eine gemeinsame Zukunft sprechen? Vielleicht gelingt es mir schaffen WIR künftig so respektvoll miteinander umzugehen, dass alte Wunden heilen können und wir für den Rest unserer Leben ein Stück gemeinsam gehen können?«

»Du willst mit uns über die Zukunft sprechen und die Vergangenheit möglichst unberührt hinter dir lassen. Verstehst du darunter Liebe? Liebe zu uns, deinen Kindern? Hast du vergessen, dass unsere Mutter dich offenbar einmal sehr geliebt hat oder geliebt haben muss«, schleudert Katharina in den Raum und Yannick ergänzt: »Ich weiß auch nicht, was ich davon halten soll?

Du behauptest die ganze Zeit uns zu lieben, aber wir spüren deine Liebe nicht, haben sie nie kennengelernt oder in irgendeiner Form empfunden. Was erwartest du von uns?«

Das sind gute Fragen, vor allem die dahinter stehende Frage, was „wahre Liebe" eigentlich ist. Ist es eine romantische Beziehung, bei der man an eine lange, möglichst „ewig dauernde Liebe" glaubt oder glauben möchte? Oder ist es eine Beziehung, die durch das alltägliche Allerlei nicht abstumpft und irgendwann stirbt, sondern eine solche, die trotz vieler Bewährungsproben ständig wächst und damit eine Beziehung dauerhaft erhält? Liebe, so scheint es mir, ist ein wichtiger und unverzichtbarer Teil unseres Lebens.

Liebe ist einerseits eine Verkleidung für sexuelles Begehren, das unter dem Aspekt „Liebe" den Verstand überlistet, der in der Liebe die Aufgabe sieht, für den Fortbestand unserer Art unserer Familie, unseres Namens oder der Erhaltung einer vorhandenen Struktur, manche nennen es Dynastien zu sorgen.

Mir scheint, dass ich Liebe zu oft als eine Art notwendige Beschäftigung gesehen habe. Notwendig, weil es einfach zu einem „normalen Mann" oder wen man dafür hält, gehört, dass er sich „die Hörner abstößt". Diese an mich selbst gestellte Erwartung habe ich tatsächlich erfüllt und die Ekstasen hormongesteuerter Verliebtheit oft genug genossen. Dass das mit Liebe nichts zu tun hatte, sondern egoistisches Ausleben war, hätte ich spätestens dann erkennen können, wenn der Rausch der

Verliebtheit verschwunden war. Als ich Doris fand, war das so.

Sicher, die Zeit des Kennenlernens, der ersten stürmischen Verliebtheit war ein sexueller Wirbelsturm, der sich aber im Laufe der Zeit zu einer stabilen und sicheren Wetterlage mit viel Sonne und einem blühenden gemeinsamen Leben und Arbeiten entwickelte. Der Beruf war anstrengend, aber wirtschaftlich erfolgreich. Die Geburt von Sebastian die Krönung unseres Lebens, die mit dem Erwerb eines entsprechenden Hauses in exklusiver Wohnlage abgerundet wurde. Wirtschaftliche und gesellschaftliche Anerkennung folgten.

Was das mit Liebe zu tun hat? Nichts, rein gar nichts! Liebe besteht nicht nur aus körperlichem Verlangen, das nach allgemeinen und persönlichen Erfahrungen nach einer bestimmten Zeit nachlässt, sondern Liebe scheint sich nur dann zu erfüllen, wenn es gelingt, miteinander regelrecht zu verschmelzen. Wenn das geschieht und man die Welt mit den Augen des anderen sieht, werden Wünsche und Bedürfnisse von den Liebenden klar erkannt. Dieser Blick fehlte mir! Das Leben floss in scheinbarer Gemächlichkeit dahin.

Leben und Liebe ertranken in meinem Leben leider in alltäglicher Routine, die von wirtschaftlichem Erfolg, dem Streben nach gesellschaftlicher Anerkennung geprägt waren, und jeder lebte in der Pseudogemeinschaft sein eigenes Leben.

Heute habe ich begriffen, was die Ursache für meinen Ausbruch aus diesem Leben war. Ein unerwartetes Ereignis, eine unvorhergesehene Erfahrung hat die

Gemächlichkeit und Routine erschüttert und längst abgeschlossen geglaubte Erfahrungen an die Oberfläche gespült. Es war die nicht mehr erwartete Erfahrung romantischen Erlebens einer körperlichen Beziehung, die in mein Leben platzte und alles wirklich alles sprengte.

Ich gewährte einem anderen Menschen Einblicke in mein Leben, bis in meine innersten Tiefen, in der Hoffnung, wieder zum Ursprung aller Beziehungen zurückkehren zu können. Übersehen habe ich dabei, dass es sich dabei tatsächlich um eine entfesselte Form von Leidenschaft, geradezu von Besessenheit handelte, die von meinem Verstand nicht mehr beherrscht oder kontrolliert wurde.

Damit habe ich Liebe, Zuneigung und Beständigkeit nicht nur bei Doris und Sebastian, sondern auch bei Nicole zerstört. Doris und Sebastian entzog ich damit das tiefe, sichere Gefühl eines durch Liebe gesicherten Lebens, dass sie sich neu aufbauen mussten.

Nicole, deren Erfahrungen sich überwiegend auf die leidenschaftlichen, ekstatischen körperlichen Momente bezogen hatte trotz heftiger Kämpfe keine Chance, ein liebevolles, geregeltes Zusammensein mit Mann und Kindern zu erleben. Ihre Liebe musste sich geradezu zwangsläufig in deren Gegenteil, nämlich Hass und Verachtung verwandeln. Kinder übernehmen oft die Haltungen der Eltern.

Es ist daher kein Wunder, dass meine Versuche, zu ihnen Kontakt aufzunehmen, erfolglos blieben.

Was also bleibt von der Liebe?

»Yannick, es steht mir nach allem, was passiert ist nicht zu von euch etwas zu erwarten. Es wäre aber schön, wenn wir künftig miteinander reden und uns austauschen

könnten. Bisher kennen wir uns zu wenig, um einschätzen zu können, was wir denken und wollen.
Ihr habt eine Vorstellung von mir, die von Erlebnissen Eurer Vergangenheit und dem, was euch erzählt wurde, geprägt ist.
Umgekehrt habe ich nur eine bruchstückhafte Vorstellung davon, wer Ihr wirklich seid, was Ihr denkt, wie Ihr fühlt und wie Ihr die Welt seht. Könnt Ihr euch vorstellen, dass wir vieles besser verstehen, wenn wir uns künftig direkt ansprechen und damit austauschen könnten?«

Katharina runzelt skeptisch die Stirn, kneift ihre Augen zusammen, um schließlich leise zu fragen: »Und woher wissen wir, dass du uns nicht belügst?«

Ich zögere, weil eine allzu schnelle Antwort einstudiert wirken könnte und entgegne schließlich: »Das wäre ziemlich dämlich, wenn ich das versuchen würde, weil dann wäre endgültig Schluss und wir hätten uns unwiderruflich verloren. Das würdet ihr mir zu Recht niemals mehr verzeihen. Nein, Lügen sind keine Basis. Unterschiedliche Sichtweisen gibt es sicher, aber die kann man in offenen Gesprächen ausräumen und alle Zweifel beseitigen.«

»Glaubst du das funktioniert?«, fragt Yannick zweifelnd.

»Das kann ich dir euch nicht garantieren Yannick. Was ich euch garantieren kann, ist, dass ich alles dafür tun werde, unsere verlorene Zeit aufzuarbeiten und die Zeit, die uns noch bleibt, zu einer guten Zeit zu machen.«

Katharina und Yannick schauen mich schweigend mit offenem Blick an. Zeit scheint stillzustehen, die üblichen Geräusche des Cafés dringen nur gedämpft in mein Bewusstsein, und auch an dem Tisch, der bisher Ort einer hitzigen Wortschlacht war, scheint sich Beruhigung wie eine Decke über die Anwesenden zu legen.
»Vielleicht habe ich«, durchbreche ich die Ruhe mit zaghaften Worten, »das Leben zu sehr aus meiner Perspektive beurteilt und dem entsprechend gehandelt.«

»Und was folgerst du daraus«, fragt Katharina nach.

Meine Antwort kommt schnell und ich hoffe, dass sie richtig verstanden wird.
»Wisst Ihr, solange es euch gibt, habe ich immer wieder erklärt, dass ich euch liebe. Aber, und diese Frage scheint das Wichtigste zu sein, – was bedeutet das eigentlich? So wie ein Paar, wenn es sich liebt, regelrecht miteinander verschmilzt, so kann es auch zwischen Eltern und Kindern sein. Bei Freunden, in deren Familien echte Zuneigung und Liebe spürbar ist, habe ich das erlebt, – die sind Eins. Sie sind deshalb Eins, weil sie versuchen, die Welt mit den Augen der übrigen Familienmitglieder, also Eltern, Geschwister, Großeltern usw. zu sehen.
Mir hat dieser Blick bisher oft gefehlt, und zwar nicht nur in Bezug auf euch, sondern auch auf meine vergangenen Beziehungen, besonders in meiner Ehe mit Doris und auch zu Sebastian. Aber ich denke, dass ich aus dem Desaster meines Lebens gelernt und erkannt habe, auf was es ankommt: Die Welt mit den Augen der Anderen zu

sehen und danach zu handeln. Eure Mutter hat mir aus ihrer Sicht Beziehungsunfähigkeit nachgesagt und Sandra prophezeit, dass die Beziehung zu mir nach dem ersten Rausch beendet sein würde.

Zum Glück lag sie falsch, was man daran erkennen kann, dass Sandra und ich jetzt schon mehr als zwanzig Jahre zusammen sind, und das trotz allerschlechtester Voraussetzungen. Ich will das Schicksal nicht herausfordern, aber denke, dass ein Grund für das Funktionieren der Beziehung darin liegt, dass ich von Sandra gelernt habe, den Anderen zu verstehen und so zu akzeptieren, wie er ist und nicht versuchen, ihn „zurechtzubiegen", wie ich ihn bzw. sie gerne hätte.

»Warum hast du das nicht mit unserer Mutter versucht und bist stattdessen abgehauen?«, Katharinas Frage klingt gequält und verzweifelt.

»Tut mir leid, Katharina, aber vielleicht lag es daran, dass deine Mutter und ich zu unterschiedliche und vielleicht auch zu egoistische Lebensvorstellungen hatten und jeder versucht hat, den Anderen „umzubiegen". Eigentlich hätte ich der Klügere sein müssen, aber es gehört zu meinem Wesen, dass das Schlimmste, was man mir antun kann, ist, mich in meiner Freiheit zu beschränken – und dieses Gefühl hatte ich bei deiner Mutter.«

Katharina schaut erstaunt, aber Yannick scheint meine Meinung zu teilen, weil er „kann ich verstehen", murmelt.

»Es gab in der Beziehung zu eurer Mutter einige schöne Momente, ich habe das nie bestritten und leugne das bis heute nicht. Aus meiner Sicht war es egoistisch, bei einer jungen Frau Bestätigung der eigenen Männlichkeit zu finden, ohne die Konsequenzen zu Ende zu denken. Vielleicht hatte eure Mutter eine andere Haltung und Vorstellung über das Leben und die Liebe als ich und wir haben den Fehler gemacht, die erkennbaren Unterschiede nicht auszuräumen.«

»Habt Ihr denn nie darüber gesprochen«, will Katharina wissen.

»Nein, und es war ein Fehler von mir, alles einfach laufen zu lassen.
Als ich die Trennung vollzog, habe ich eindeutig erst an mich gedacht, – meine späteren Versuche zu retten, was zu retten gewesen wäre, – also die Verbindung zu euch waren erfolglos.
Aus Nicoles Liebe war Enttäuschung, Wut und Hass und damit „normale Gespräche" unmöglich geworden.«

»Ja wundert dich das denn?« fährt mich Katharina an.

»Nein Katharina, aber ich habe zu oft den Fehler begangen, in gleicher Weise zu reagieren. Ihr wisst doch, Druck erzeugt Gegendruck, das verhinderte Einigungen. Auch wenn es sich für euch seltsam anhören mag, in gewisser Weise konnte ich Nicole immer verstehen, weil ich für den Zusammenbruch ihrer Welt mitverantwortlich bin.

Ihr fehlte es an einem Partner, der sie hätte stützen konnte, so wie ich durch Sandra unterstützt wurde.

Was ich nie verstanden habe, ist die Tatsache, dass WIR getrennt und eine Verbindung andauernd verhindert wurde.

Damit seid Ihr die Leidtragenden der Trennung geworden, obwohl Ihr an den Auseinandersetzungen zwischen eurer Mutter und mir keine Schuld habt. Mir ist allerdings auch klar geworden, dass Menschen, die immer nur aus einer Richtung informiert werden, diesen Aussagen Glauben schenken und diejenigen, die gegenteiliges behaupten für Lügner halten.

Heute kann ich nur hoffen, dass ihr aus diesem Dilemma herauskommt und bereit seid, ein neues Kapitel in eurem Leben aufzuschlagen.

Ich bedaure es, Nein, es tut mir unendlich leid, dass ich euch nicht der Vater sein durfte, der ich gerne gewesen wäre. Es ist zwar kein Ersatz und auch keine Alternative, aber es wäre schön, wenn wir nach diesem heutigen, denkwürdigen Treffen die Gelegenheiten wahrnehmen und endlich miteinander und nicht mehr gegen- oder übereinander sprechen.

Und solltet Ihr irgendwann Kinder haben, wünsche ich mir nichts sehnsüchtiger als diesen Kindern, solange ich lebe, ein guter und herzlicher Opa sein zu dürfen.

 Aber DAS entscheidet ihr nicht ich.«

Nach diesen Worten ist es still am Tisch.

Ich stehe auf, schiebe den 5-Euroschein, den ich umständlich aus meiner Hosentasche gezwirbelt habe, unter die Tasse mit dem zwischenzeitlich völlig kalt gewordenen restlichen Kaffee, schaue die beiden lange an und wende mich mit den Worten:

So, jetzt habt ihr mir zugehört und kennt die Geschichte von der anderen Seite. Dafür danke ich euch.
Es ist jetzt eure Sache, was ihr daraus macht.

Nach einem intensiven Blick zuerst in Katharinas, dann in Yannicks Augen, folgt meine zögerliche Kehrtwendung, bis ich endlich langsam, aber aufrecht in Richtung Ausgang gehe.
Katharina und Yannick sind aufgestanden, schauen sich ratlos an und blicken mir wortlos nach. Ich spüre ihre Blicke noch, als ich wieder auf die Straße trete und langsam in Richtung Parkhaus gehe.

Möge die Straße uns zusammenführen
Und der Wind in eurem Rücken sein
Sanft falle Regen auf eure Felder
Und warm auf eure Gesichter der helle
Sonnenschein
Und bis wir uns wiedersehen
steuert das Leben fest mit eurer Hand
Und bis wir uns wieder sehen
steuert das Leben fest mit eurer Hand
Habt unterm Kopf stets ein weiches Kissen,
immer gute Kleidung und euer täglich Brot
Seid über vierzig Jahre schon im Himmel
bevor der Teufel merkt ihr seid schon tot
Und bis wir uns wiedersehen
steuert euer Leben fest mit ruhiger Hand
Und bis wir uns wieder sehen
steuert das Leben fest mit eurer Hand
Bis wir uns ´mal wieder sehen
Hoffe ich, dass das Glück euch nicht verlässt
Es sei reichlich in euren Händen,
doch klammert euch daran nicht allzu fest.
Und bis wir uns wiedersehen
Haltet das Leben fest in eurer Hand
Und bis wir uns wieder sehen
Sapere Aude – benutzt euren Verstand.

Frei interpretiert nach einem irischen Segenswunsch
und dem Text © von Markus Pytlik

Epilog

In einer Zeit, in der die Gleichberechtigung von Frauen immer noch von einigen bekämpft wird, scheint es gefährlich zu sein, die Aktivität einer skrupellos gegen den Vater ihrer Kinder agierenden Frau detailgetreu zu beschreiben.

Es ist, nicht nur in unserer Gesellschaft so, dass Frauen auf vielen Ebenen benachteiligt werden, und gleichzeitig hohe Zeit, das zu ändern.

Nicht übersehen werden darf die Tatsache, dass unverheiratete Väter oft die Opfer von Gesetzen, Anwälten und letztlich der Frauen selbst sind, die sich die allgemeine Stimmung gegen die Unterdrückung von Frauen zu Nutzen machen und ihrerseits Männer, die Väter ihrer Kinder in gleicher Weise diskriminieren und unterdrücken, wie sonst Frauen unterdrückt und diskriminiert werden. Wer sich aufmerksam in der Gesellschaft umschaut, wird dabei nach meiner Beobachtung und daraus gebildeter Ansicht erstaunt sein, wer wirklich die Familie und die Gesellschaft dominiert.

Es sind Frauen, die im täglichen Leben, in vielen, vermutlich sogar in den meisten Familien, im Wesentlichen bestimmen was geht und was nicht geht. Im englischen gibt es den Spruch: Happy Wife, Happy Life. Deutsche Frauen sagen: „Der Mann darf zwar alles essen, aber nicht alles wissen."

Frauen agieren subtiler als Männer und auch manipulativer. Was ein Mann eventuell durch „Gewalt" löst, löst eine Frau durch „Manipulation", wie mir eine liebe Freundin erklärte.

Hier nur einige wenige exemplarische Beispiele:
Wenn man von den – leider vorhandenen Fällen – von Vergewaltigungen in der Ehe absieht, ist es die Ehefrau, die bestimmt, wann der eheliche Geschlechtsverkehr stattfindet und wann nicht. Der rücksichtsvolle Mann hat keine Chance, das zu ändern. Damit beantwortet sich auch die Frage nach der Anzahl der gewünschten Kinder, die in einer Ehe gezeugt werden.

Frauen haben dafür den offenbar besseren Sinn und sie wissen auch, ob sie mit diesem Mann ihre Kinder möchten oder nicht. Sicher gibt es Frauen, die in dieser Hinsicht unklug handeln oder denen das Wissen über Verhütung fehlt, aber das scheint heute die Minderheit zu sein.
Das Florieren des „horizontalen Gewerbes" bestätigt mit jährlich steigenden Umsätzen diese Entwicklung, nach der Männer ihren sexuellen „Ausgleich" außerhalb ihrer Ehen suchen und anscheinend dort auch finden können.
Dass es sich dabei nicht um Liebe, sondern pure Sexualität handelt, ist eindeutig.
Und ganz trivial: Wer bestimmt eigentlich die Marke und Ausstattung des Familienfahrzeuges?
Aussuchen darf es der Mann und entsprechend „spinnen", welche Marke es sein soll, wie viel PS das Auto hat, ob Benzin-, Diesel- oder E-Antrieb als Antrieb

bevorzugt wird und welche „Sonderausstattung" sinnvoll erscheint.

Die Entscheidung des Fahrzeugkaufes fällen die Frauen unter Berücksichtigung der Wirtschaftlichkeit und des praktischen Nutzwertes.
Ein Cabrio ist vielleicht der Traum des Mannes, aber kein Familienauto, der Van sehr wohl.

Warum heißt es, dass hinter einem erfolgreichen Mann eine starke Frau steht?
Vielleicht auch deshalb, weil Frauen oft besser, weil intuitiv wissen, auf was es im Beruf ankommt. Frauen erkennen oft sehr klar, wann sie dem „Göttergatten" den Rücken freihalten müssen, damit der „Ertrag" so fließt, dass Frau und Mann zufrieden sein können, SIE das entsprechende Haus bewohnen und ER seine manchmal teuren Hobbys pflegen kann.
In vielen, vielleicht in den meisten Familien sind es die Frauen, die das Geld verwalten und es sind auch die Frauen, die in schlechten Zeiten die Familien „über die Runden bringen".
Beobachtet man Ehepaare beim Einkauf in einem Möbelhaus, stellt man fest, dass die Frauen Zweckmäßigkeit einer Einrichtung, aber auch die finanziellen Möglichkeiten der Familie am besten einschätzen können, weshalb gute Verkäufer die Präsentation der Möbel speziell auf die Frau ausrichten und „der Vertragsabschluss" mit beiden getätigt wird.
Betrachtet man das Zusammenleben von Mann und Frau historisch biologisch, scheint es völlig normal zu sein, dass

Frauen die Hauptarbeit für den Erhalt von Familien leisten.

Sie gebären die gezeugten Kinder, kümmern sich hauptsächlich um deren Wohlergehen und bereiten der Familie nicht nur dem Mann alleine ein Heim und sorgen gleichzeitig für eine kontinuierliche positive Umgebung inkl. der entsprechenden häuslich-familiären Wärme.

Das oben Gesagte ist sehr allgemein geschildert und scheint auf den ersten Blick lediglich einer Menge Klischees zu entsprechen.

Und JA, es gibt eine Menge Ausnahmen von diesem regelmäßigen Vorgehen und Verhalten von Frauen.

Dass damit auch Macht verbunden ist, wird oft übersehen. Viele Frauen sind sich dieser Macht nicht bewusst, aber mindestens ebenso viele sind sich dessen völlig bewusst und setzen ihre Macht entsprechend ein. Diese Machtmittel sind häufig sehr subtil, aber gelegentlich auch brachial.

Beide Methoden führen zu einer Abhängigkeit der Männer und Väter, die sich dieser Abhängigkeit, wenn überhaupt, nur diffus bewusst sind.

Die Auswirkungen dieser Abhängigkeiten sind, und das mag überraschend sein für alle Beteiligten, d. h. für die Eltern und die Kinder fatal, wie diese „Geschichte" dem Leser deutlich vor Augen gebracht hat.

Mit seinen erwachsenen Kindern zusammen zu sein, ist wie die schönsten Seiten des Lebens zu besuchen.